Saphia Azzeddine

Zorngebete

Quart*buch*

Saphia Azzeddine
Zorngebete

Roman

Aus dem Französischen von Sabine Heymann

Verlag Klaus Wagenbach Berlin

Meinem Vater,
*dem visionervösen Bilderstürmer**

Tafafilt ist der Tod, und doch bin ich dort geboren. Ich heiße Jbara. Anscheinend bin ich sehr schön, aber ich weiß es nicht. Es bringt mir auch gar nichts, schön zu sein. Ich bin arm, und ich wohne am Arsch der Welt. Mit meinem Vater, meiner Mutter, meinen vier Brüdern und meinen drei Schwestern.

Es wird gevögelt, was das Zeug hält bei den Armen, weil das gratis ist.

Jedenfalls hat mir nie jemand gesagt, dass ich schön bin. Solche Sachen sagt man nicht bei uns. Schönheit hat keinen Wert in Tafafilt, sie lohnt sich nicht. Zumal man gar nicht weiß, was schön ist und was nicht. Mein Vater wäre nicht imstande, Ihnen zu sagen, ob ich schön bin, meine Mutter auch nicht. Sie würden höchstens sagen: »Jbara ist ein fleißiges Mädchen!« Schönheit gibt es nur in der Sprache der Reichen. Über mich wird man, einstweilen, sagen, ich sei fleißig. Man ist nicht sehr gebildet in meinem Kaff. Ohnehin hat man mich nie erzogen, nur herumgeschubst, angeschnauzt und mir Sachen verboten. Im Verbieten waren sie immer gut. Bei uns ist alles *haram*. Selbst ich bin *haram*, aber auch das weiß ich nicht.

Er dringt in mich ein, und ich denke nur an meinen Raïbi Jamila, einen köstlichen Granatapfeljoghurt, den man von unten trinkt, durch ein kleines Loch, das man in den Becher bohrt. Ich habe den Verdacht, dass das, was ich tue, *haram* ist. Immerhin verstecken wir uns. Da es aber in Tafafilt nichts gibt, rede ich mir ein, dass Allah mich nicht sieht … mit ein bisschen Glück … dass Er nicht da ist, obwohl Er bekanntlich überall ist. Ich könnte es Ihm nicht übelnehmen, wenn Er woanders hinsieht. Wenn es ginge, würde ich das auch tun.

Er stinkt, weil ich aber auch stinke, hebt sich das am Ende auf, wir riechen also beide gut. Ich betrachte den Joghurt, die Packung Schokoladenkekse und die Kaugummis in der Plastiktüte. Er grunzt wie ein Schwein. Er sieht wirklich aus wie ein Idiot. Zum Glück ist er hinter mir, deshalb sehe ich ihn nicht. Nur einmal habe ich mich umgedreht, da hat er ein Gesicht gemacht, zum Totlachen. Ich habe einen Lachkrampf bekommen, aber das hat ihm nichts ausgemacht, er hat mich weiter gevögelt wie ein Kamel, mit schwitzenden Eiern.

Jedes Mal, wenn er fertig ist, ist da so etwas wie saure Milch, das an meinen Schenkeln herunterläuft. Später trocknet es in meinen Schamhaaren, das ist unangenehm. Ich bin 16 Jahre alt und weiß nicht, dass man Sperma sagt. Ich habe meine eigenen Wörter. Bei uns ist man arm, und saure Milch, das kennt man. Aber das ist mir egal. Ich habe meinen Raïbi Jamila. Für mich das Maximum an Genuss. Der ist rosa, der ist gezuckert. Der bringt mich augenblicklich zum Lächeln. Er dagegen heißt Miloud, er ist braun, er ist bitter, er ekelt mich an. Einmal, als ich ihm einen geblasen habe, bin ich mit der Nase in die Falte seiner Eier geraten und fast hätte ich gekotzt. Ich glaube, ich hätte lieber Kacke gegessen. Danach zieht er, wie jedes Mal, seinen braun gestreiften Slip und seine durchlöcherte Hose wieder hoch und bricht auf ins ferne Nichts. Ich ziehe meine

Unterhose wieder an, ein ziemlich ausgeleiertes Stück Baumwolle mit einer kleinen weißlichen Kruste auf der Höhe des Geschlechts.

Sie brauchen gar nicht »bäh!« zu sagen. Ich werde keine Poesie hineinlegen, wo keine ist. Ich habe Ihnen ja gesagt, dass ich arm bin. Das Elend stinkt nach Arsch. Und Milouds Arsch hat nie Wasser gesehen. Er wischt ihn mit Steinen ab und trocknet ihn mit Sand. Er ist Hirte, er wohnt fünfzig Kilometer entfernt in einem Kaff. Ab und zu kommt er vorbei, macht Geschäfte mit genau solchen Kerlen, wie er einer ist. Und dann lässt er es sich mit mir gutgehen.

Irgendwann hat mir meine Mutter, die Arme, gesagt, die größte Sünde im Leben sei es, keine Jungfrau mehr zu sein. Das hatte schon ihr Vater gesagt. Und ihr Mann hat es bestätigt. Ich hätte alles daran gesetzt, um meine Mutter nicht zu enttäuschen, aber der Raïbi Jamila hat stets alle guten Vorsätze weggefegt. Ich glaube, er hätte sogar gegen Allah den Sieg davongetragen. Ich will Allah nicht mit einem Raïbi vergleichen, das hätte keinen Sinn, ich sage nur, dass der Raïbi einen guten zuckersüßen Geschmack hat und dass Allah bei mir bis jetzt einen bitter-süßen Geschmack hinterlässt…

Weil man Ihn ständig fürchten muss. Sobald mein Vater mit mir über Ihn spricht, tut er das einzig und allein, um mir zu sagen, dass Er mich züchtigen werde, wenn ich weiter Dummheiten mache. Einmal habe ich in seiner Gegenwart nur gesagt, dass es zu heiß wäre und wie lästig das sei, da hat er mir gleich eine runtergehauen. Nach seiner Idioten-Logik war das Gotteslästerung, weil es Allah ist, der das Wetter macht. Jetzt haben Sie eine Vorstellung, wer mein Vater ist. Er ist ein Ignorant und weiß es nicht. Eine echte

Plage auch für sich selbst. Er kann nur schimpfen, mit Vorliebe über die Frauen. Er ist ein armes Schwein, mein Vater. Er ist ein Trottel. Ein armer Trottel.

Ich nehme es Allah ein bisschen übel, dass er mich in diesem Rattenloch verfaulen lässt. Rechts sind Berge, links sind Berge. Und in der Mitte sind wir, unser Ziegenlederzelt und unsere Schafherde. Ich bin für die Schafe zuständig. Ich mag sie. Sie sind lieb und sehr niedlich. Ich schimpfe sie aus, aber nur, weil ich gar nicht normal reden kann. Bei uns wird die ganze Zeit geschimpft. Nur wenn mein Vater nicht da ist, herrscht Ruhe. Er rennt dauernd zum *fkih* des Nachbardorfes. Ein *fkih*, das ist – wie soll man das sagen, ohne unhöflich zu werden? – das ist … eine Art Imam. Nein, eigentlich nicht. Niemals. Das wäre den echten Imamen gegenüber nicht gerecht. Nein, der *fkih* ist im Allgemeinen der größte Idiot des Dorfes, einer, der nicht ernsthaft arbeiten will und deshalb eines Tages beschließt, Imam zu werden. Schließlich ernennen sie sich selbst dazu. Ein echter Imam ist normalerweise ein guter Typ, der nichts Schlechtes tut. Es muss ihn geben, als Stellvertreter Allahs auf Erden, aber in Sachen Heiligkeit muss er auf der Höhe sein. Die *fkihs* dagegen können im Allgemeinen weder lesen noch schreiben. Und die meiste Zeit stinken ihre Füße. Sie sind eine Gefahr für die Allgemeinheit, sie fressen sich überall kostenlos durch, sie leben vor aller Augen auf Kosten der Armen und Unwissenden. Echte Arschlöcher, die zu allem Überfluss ausgerechnet von den armen Leuten besonders respektiert und gefürchtet werden. Allen voran von meinem Vater.

Der *fkih*, dieser Hurensohn, hat ihm gesagt, der schlimmste *haram* von allen *harams* sei es, keine Jungfrau mehr zu sein. Also wirklich! Absolut gesehen glaube ich nicht, dass es einen Unterschied macht, ob man gelocht ist oder nicht, es sieht aber ganz danach aus, als sei dieses Loch seit Jahrtausenden der Mittelpunkt der Welt. Die Obsession eines jeden anständigen Mannsbildes. Dabei ist es doch gar nicht *ihr* Loch, verdammt nochmal!

Jedenfalls hat mir Miloud irgendwann gesagt, er würde ihn mir ja nicht ganz reinstecken, und man sei erst dann definitiv keine Jungfrau mehr, wenn einem da unten sämtliche Haare ausfielen. Also habe ich angefangen, jeden Tag genau nachzusehen. Mein Busch war aber immer noch da. Ich kann mich nicht mehr erinnern, ob ich das Miloud wirklich geglaubt habe oder ob es mir einfach in den Kram gepasst hat, ihm zu glauben. Das sage ich Ihnen ganz offen. Andererseits sind mir diese Dinge nie von irgendjemandem erklärt worden. Ich wusste nur, dass alles rund um das Bermudadreieck *haram* ist. In meiner Familie ist es tabu, darüber zu sprechen. Lieber sagt man gar nichts. Das ist einfacher als verbieten. Eigentlich glaube ich, dass in meiner Familie das Sprechen überhaupt verboten ist. Wenn man nicht spricht, ändert sich nichts, und wenn sich nichts ändert, ist das für Angsthasen sowieso das Beste.

Ich hatte ziemliches Glück, für so wenig Mühe echte Schokoladenkekse und Joghurt zu kriegen. Meine Brüder und Schwestern kennen den Geschmack von Raïbi Jamila gar nicht. Ich konnte ihnen nichts abgeben, das müssen Sie verstehen, sie hätten schließlich gefragt, woher ich es habe, und ich hätte ihnen dann sagen müssen, dass ich es für das Vögeln mit Miloud bekommen hatte. Das wäre nicht so gut angekommen, oder? Dabei machte mir das Vögeln mit Miloud nicht sonderlich was aus, ich tat es einfach, das ist alles. Entschuldigung, von mir aus.

Er geht, ohne sich umzudrehen, wie jedes Mal, und ich trinke in großen Schlucken meinen Raïbi Jamila, ohne ihm hinterherzusehen. Miloud hat schiefe braune Zähne mit Linsenresten in den Löchern ganz hinten, er hat raue Hände mit auf Lebenszeit verkrustetem Dreck unter den Fingernägeln und einen blauen Turban auf dem Kopf. Heute kann ich sagen, dass er nicht schön ist, aber damals weiß ich noch nicht einmal, dass ich mir diese Frage eines Tages stellen könnte. Er ist, das ist alles. Heute würde ich mich lieber in einer Pfütze wälzen als Milouds Eier abzuschlecken. Aber damals tat ich es für einen Granatapfeljoghurt. *Raïbi Jamila la la la la ... Der Joghurt, für den die Kinder schwärmen!* Später habe ich die Werbung im Fernsehen gesehen und fand, dass ich ziemliches Glück hatte, etwas zu essen, was im Fernsehen kommt. Ich hatte das Gefühl zu leben, mit den Passanten auf der Straße etwas gemeinsam zu haben, ganz merkwürdig.

Einstweilen aber bin ich Hirtin in Tafafilt und kenne sonst nichts. Meine Schafe sind alles, was ich habe. Nein, ich habe noch meine Mutter. Ich liebe sie, meine Mutter. Na ja, ich bin mir nicht ganz sicher, ob ich sie liebe, wie die anderen Leute lieben. Mit Gefühlen und so. Meine Mutter liebe ich, weil ich Mitleid mit ihr habe. Sie schlägt immer die Augen nieder und murmelt in ihren Bart wie eine Verrückte. Manchmal betet sie den einzigen Koranvers herunter, den sie kennt, und manchmal spricht sie mit ihren Karotten. Sie schnippelt Zwiebeln in jedes Essen, meine Mutter, um ungestört weinen zu können. Sie ist ganz krumm, weil wir in einem Zelt wohnen. Das Irrste ist in meinen Augen, dass sie meinen Vater erträgt. Mein Vater ist ein echter Vollidiot. Es gibt jede Menge Sachen, die ich nicht weiß, aber das habe ich immer gewusst. Ich hasse alles an ihm. So sehr ich auch versuche, Mitleid für ihn zu empfinden, ich schaffe es nicht. Als er bei einem Streit um nicht bezahlte Schafe von einem anderen Hirten verprügelt wurde, habe ich mich gefreut. Es gefiel mir, wie er kleinlaut auf der Erde lag und bei seiner Ehre schwor, dass er sich rächen würde. Ach, halt doch das Maul. Wer gibt dir das Recht, von Ehre zu sprechen?

Ich weiß, ich bin ungerecht, er kann ja nichts dafür, er ist nur ein Trottel, aber irgendwo muss man doch anfangen, wütend zu sein, wann und wie soll ich sonst überleben? Wenn er redet, hat er etwas Weißes im Mundwinkel. Das finde ich eklig, dabei stinke ich selbst, ich weiß. Aber ich liebe ihn einfach nicht, das sage ich ganz objektiv. Es ist traurig, aber so ist es nun mal. Er befolgt wortwörtlich alles, was ihm der *fkih* erzählt, das ist doch zum Verrücktwerden.

Oh, diese Einfaltspinsel, was die den Leuten für Geschichten auftischen!

– Und dieser Mann aus dem Dorf Bti Kheir starb am Freitag nach dem Abendgebet und wurde am folgenden Tag bestattet, Gott sei seiner Seele gnädig. Alle hatten gesehen, dass er tot war, er fing schon an, blau anzulaufen. Als seine Witwe aber drei Tage später die Haustür öffnete, wer stand da leibhaftig vor ihr? Ihr Mann! Ob du 's glaubst oder nicht!

Vor ihr stand ihr Mann, Gott soll mich auf der Stelle töten, wenn ich lüge, Er sei mein Zeuge! Darauf fiel seine Frau erst einmal in Ohnmacht, doch kaum war sie wieder zu sich gekommen, fing ihr Mann an, dem ganzen Dorf zu erzählen, was er unter der Erde gesehen hatte ...

Gebannt hing meine Mutter an seinen verfaulten Lippen und wollte wissen, wie es weiterging. Und mein Vater antwortete:

– Nun ja, ich hatte nicht genug dabei, aber *Inch'Allah*, morgen weiß ich mehr ...

Am nächsten Tag brachte er dem *fkih* ein Schaf, um das Ende der Geschichte zu bekommen. Von dieser idiotischen Geschichte. Was für eine Verschwendung! Jetzt verstehen Sie, warum ich ihn hasse. Das waren die einzigen Male, wo er ruhig sprach und in seinen Sätzen die korrekte Form der Vergangenheit verwendete. Die er gar nicht kannte, sondern einfach nachplapperte. Das Ende der Geschichte werde ich Ihnen ersparen, aber in groben Zügen hatte Gott diesem Kerl gesagt, dass die Frauen einen Schleier tragen müssten und ihre Fesseln bedecken und ihre Klappe halten und in der Küche bleiben und ... Das war es, was der Mann unter der Erde gehört hatte. Dafür war mein Schaf gestorben. Und mein Vater glaubte es und meine Mutter auch.

Ich hörte nur mit halbem Ohr hin und schlug mit dem Kopf auf den Boden, vor Wut. Obwohl ich hier geboren bin und obwohl ich hier noch nie rausgekommen bin. Aber ich konnte nicht anders, ich war die einzige, die diese Geschichten schwachsinnig fand und keine Angst hatte, das zu denken. Es zu sagen, hätte nichts geholfen.

Bei uns essen alle aus dem gleichen Teller, und als Löffel benutzen wir den Daumen. Es gibt meistens Linsen, grüne

Bohnen, Kartoffeln mit Fettstücken. Danach trinken wir Tee, in den trockenes Brot getunkt wird.

Und danach sehe ich mir zweimal in der Woche an, wie der Bus vorbeifährt. Einmal kommt er am Mittwochnachmittag und ein zweites Mal Samstagnacht. Ich habe noch nie einen verpasst. Ich habe schon tausende von Silhouetten irgendwohin fahren sehen. Mehr als einmal habe ich geträumt, ich wäre an ihrer Stelle. Ich wäre es, die in die große Stadt fährt. Und dann hat das aufgehört, weil ich mir die große Stadt nicht richtig vorstellen konnte. Ich weiß nur, dass sie verlockend ist. Vor allem aber ist sie groß. Und allein schon, weil der *fkih* immer sagt, dass die große Stadt *haram* ist, würde ich sie nur zu gerne sehen…

Wenn von Weitem der Bus zu hören ist, stecke ich den Kopf aus unserer Eingangstür aus Ziegenleder. Ich sehe schlafende Silhouetten, andere, die sich bewegen. Sie fahren weg. Wohin, spielt keine Rolle. Oder dass sie vielleicht zurückkehren. Immer wieder habe ich mir vorgestellt, wie ich mich eines Tages vor die Räder des Busses werfen würde, um ihn zum Anhalten zu bringen, damit ich einen Blick hineinwerfen könnte, wie er so ist. Nichts weiter. Nur um die Leute zu betrachten, die sich von einem Ort zum anderen bewegen. Später habe ich eingesehen, dass ich auch auf der Stelle tot sein könnte und dann von dem Bus und seinen Passagieren nichts mehr zu sehen bekäme, dass ich höchstens den Flammen der Hölle etwas früher anheimfiele, die meine kleine Mumu für all das Böse, was sie getan hat, verbrennen würden. Und all das Gute, was sie getan hat, das spielt wohl gar keine Rolle? Nein. Wieso eigentlich nicht?

Wenn ein Auto oder ein Lastwagen auf der Straße von Zarfhir nach Balsouss entlangfährt, dann sind das in der

Regel Schmuggler oder Gruppentaxis. Oder aber es sind Touristen.

Einmal waren tatsächlich welche da. Sie haben angehalten und sind zu uns gekommen. Sie sprachen eine andere Sprache und sind ganz langsam vorgerückt, mit einer weißen Fahne. Es waren Amerikaner. Mein Vater ist schimpfend rausgegangen, was sonst, aber kaum hat er den Geldschein gesehen, krümmte er sich wie ein frischer Scheißhaufen. Wer von uns beiden ist hier eigentlich die Hure, ich, die die Beine breit macht oder er, der buckelt? Auf jeden Fall bin ich durch eine gute Schule gegangen ...

Sie haben Fotos von uns gemacht, haben in die Hände geklatscht und tausend Mal *houkwane* gesagt. Die Kinder haben mit unseren Kaninchen und Schafen gespielt. Alle waren fröhlich. Ich auch. Ich ärgere mich über mich selbst, dass ich mitgelacht habe an dem Tag. Viel mehr als darüber, für ein Raïbi Jamila gevögelt zu haben.

Warum habe ich gelacht? Weil mein Vater gelacht hat. Warum aber hat er gelacht? Weil die Touristen gelacht haben. Warum aber haben sie gelacht, die Touristen? Weil sie uns lustig fanden. Wir müssen ihnen vorgekommen sein wie Tiere in Menschenkleidern. Die ihr Wasser aus Ziegenhäuten trinken, die sich die Zähne mit Holzstäbchen putzen und das Gesicht tätowieren, obwohl das zur Zeit gar nicht in Mode ist. Deshalb haben sie uns Geld gegeben, und deshalb haben wir sie über uns lachen lassen. Eine der Frauen sagte dauernd »Babe, Babe!« zu ihrem Liebsten. Babe, das heißt bei uns Tür. Also nannte sie ihn »Tür, Tür!«. *Das* ist lustig. Man muss schon ziemlich bescheuert sein, wenn man seinen Liebsten »Tür« nennt. Aber gut, es ist zu spät, um darauf zu reagieren.

Und dann sind sie mit einer Unmenge von Fotos wieder zu sich nach Hause zurückgefahren. Und ich bin mit einer Unmenge von Erinnerungen bei mir zu Hause geblieben. Nicht unbedingt schlechten Erinnerungen, aber auch keinen guten. Und mit meinem Vater, der mich ausschimpft. Und meiner Mutter, die ununterbrochen nach mir ruft.

– Jbara!

Ja, natürlich, ich soll das Geschirr abräumen und spülen. Wie jeden Abend seit fünfzehn Jahren. Ich gehe hin, räume ab, zusammen mit meiner Mutter. Ich habe schon eine gewisse Bewunderung für sie. Sie hat keinen Raïbi Jamila, der auf sie wartet, bevor sie schlafen geht. Sie tut das alles ohne die geringste Belohnung. Moment... Und wenn doch?... Nein... Wer sagt mir denn, dass nicht?... Aber nein. Immerhin ist sie meine Mutter, sie ist eine Heilige, solche Dinge tut sie nicht... Nein, meine Mutter hat ihr ganzes Leben lang geschuftet, zuerst für ihren Vater, dann für ihren Mann, Punkt, das ist alles. Sie verlässt jedenfalls nie das Zelt, deshalb ist es auch ausgeschlossen, dass sie irgendwo einen Miloud hat.

Nach dem Spülen gehe ich wieder raus, wie immer, um in der Nähe des Zeltes spazieren zu gehen, um die Sterne zu betrachten und meinen Granatapfeljoghurt zu trinken. Und meine zwei Schokokekse zu essen. Nur so kann ich es aushalten. Meine Belohnung. Mist, wenn ich an die Belohnung meiner Mutter denke... Mein Vater, mit dem hat sie sich was eingebrockt!

Ich komme wieder ins Zelt, die Kinder schlafen, mein Vater auch. Meine Mutter spricht ihre Gebete. Weil sie Rückenprobleme hat, betet sie auf den Knien. Ich wüsste gern, was sie Allah sagt. Jetzt mal ehrlich, wofür soll sie sich bei Ihm schon bedanken? Sie kann Ihn höchstens um Sachen bitten. Aber um was? Sie kennt doch nichts. Ach ja, einmal habe ich gehört, wie sie darum bat, öfter Fleisch zu bekommen. Irgendwann habe ich sie sogar danach gefragt. Mir hat sie gesagt, dass sie Ihm Dank sage für die Gesundheit und Ihm Lobpreisungen darbiete. Dass sie Ihn um Fleisch gebeten hat, das hat sie sich nicht zu sagen getraut.

Ich entferne mich ein wenig und spreche ebenfalls mein Gebet. Ich muss einfach mit Allah reden, über ganz konkrete Dinge. Über meine Wirklichkeit.

– Danke, Allah, für die Gesundheit, für die meiner Mutter, meiner Brüder und Schwestern. Danke für ... ähhh ... meine Schafe ... Danke für alles eben, was weiß ich, und ich will Dir sagen, Du bist bestimmt sehr schön und sehr barmherzig und auch sehr glorreich, Allah. Aber trotzdem. Warum hast Du es zugelassen, dass ich noch hier bin? Findest Du, dass das ein Leben ist, Tafafilt? Was habe ich hier für einen Wert außer dem, ein menschliches Wesen zu sein? Allah, ich flehe Dich an, mach, dass etwas passiert in meinem Leben! Danke, Allah. Du bist sehr schön, sehr barmherzig und sehr glorreich. *Amine*.

Danach warte ich ab, geduldig, weil ich weiß, dass Er raffiniert ist, Allah. Er wird mein Leben nicht ändern, kaum dass ich Ihn darum bitte, dann wäre es zu offenkundig, dass Er existiert, und kein Verdienst mehr, gläubig zu sein.

Miloud dagegen, auf den muss ich nicht lange warten. Am nächsten Tag ist er wieder da, zur gleichen Stunde, mit seinem blauen Plastikbeutel und meinem Raïbi Jamila darin.

Raïbi. Raïbi. Raïbi Jamila la la la la ... Der Joghurt, für den die Kinder schwärmen!

Meine Schamhaare sind immer noch da. Alles ist gut.

Es passiert nichts.

Milouds saure Milch klebt dermaßen, dass ich echte Schwierigkeiten habe, meine Schenkel auseinander zu kriegen. Das trifft sich gut, denn es ist Badetag. Ich nehme meine sauberen Sachen, meine kleine gelbe Wanne, meinen Hocker, die Seife und ein Handtuch, das noch rauer ist als Milouds Hände. Ich säubere mich zwischen den Beinen. Ich fühle mich jungfräulicher als je zuvor.

Hinter der Böschung steht mein großer Bruder und beobachtet mich, er glaubt, ich sehe ihn nicht.

Mir ist nicht ganz klar, warum er diese komischen Verrenkungen macht, während er seinen Pimmel malträtiert. Vielleicht nur, weil er auch ein Idiot ist. Ich bürste meine langen Haare mit meiner kleinen runden Plastikbürste, wickle sie in ein sauberes Tuch, um mich heute Abend nicht zu erkälten, denn das Wetter wechselt gerade. Auf dem Rückweg zum Zelt ist mir schlecht. Ich übergebe mich. Dabei habe ich gestern gar nichts Besonderes gegessen, Fettstücke und Couscous mit ranziger Butter. Meine Mutter kommt mir entgegen und will, dass ich ein bisschen schneller mache mit dem Kotzen: Ich soll ihr in der Küche helfen, der *fkih* kommt zum Essen. Oh, nein, nicht der!

Er sitzt da im Schneidersitz und lässt sich von meinem Vater in den Arsch kriechen, der gierig sein Gift trinkt, als wäre es *eau de zem zem*. Meine Mutter bereitet den Tee, es ist geschafft, die beiden Schweine sind sattgefressen und keins der Kinder hat ein Stück Fleisch abgekriegt.

Meine Mutter serviert den Tee, und ich finde uns erbärmlich. Mein großer Bruder holt ein Schaf und bietet es dem *fkih* zum Geschenk. Mein Körper erstarrt und verrät mich:

– Nein!

Alle sehen mich an, erschrocken. Ich muss an mich halten.

– Nicht dieses, wollte ich sagen ...

Eigentlich will ich, dass keines von meinen Schafen bei diesem Hurensohn endet. Aber mein Vater tötet mich mit Blicken, und ich gebe nach. Ich sage sogar:

– Es ist nicht fett genug für unseren Wohltäter ...

Ja, ja, schon gut ... mit Würde hat das nicht allzu viel zu tun, wenn ich aber nicht eingeknickt wäre, hätte ich Prügel bezogen. Und darauf hatte ich keine Lust.

Wieder werde ich vom Brechreiz überfallen. Ich renne hinaus, um mich zu entleeren. Gott existiert nicht, glaube ich. Er hat nichts an meinem Leben geändert. Das ist jetzt kein Ultimatum, das würde ich nicht wagen, aber trotzdem, ich glaube nicht mehr an Dich. Ich mache keine persönliche Angelegenheit daraus, aber irgendwann hört der Spaß auf. Ich glaube nicht, dass ich Unmögliches verlange. Nur, dass in meinem Leben etwas passiert, dass ich wenigstens einmal an einer Wegkreuzung stehe und die Wahl habe. Die Wahl treffe! Hier lang oder da lang.

Du hast mich ignoriert, Allah. Das ist ungerecht. Du siehst, ich bringe es nicht einmal über mich, nicht mehr an Dich zu glauben. Wenn das kein Glaube ist! Du hast mir gesagt: »Sprich nicht über deinen Glauben, lass es zu, dass der

Glaube aus dir spricht.« Und in der Tat, ich schwitze ihn aus, den Glauben. Es ist allgemein bekannt, dass man irgendwann anfängt, seine Folterer zu lieben. Ja, Tafafilt ist Folter und Du hast mich hier abgestellt. Und dafür soll ich auch noch danke sagen. Stimmt's? Das hat keinen Sinn.

Mein Bauch ist dicker geworden. Dabei funktioniert meine Verdauung ganz normal. Meine Schamhaare sind immer noch da, ich bin also immer noch Jungfrau.

Es ist ungefähr vier Uhr. Ich führe meine Schafe spazieren. Der Bus aus Belsouss fährt vorbei. Ich stehe am Straßenrand. Er ist brechend voll.

Ein Koffer fällt herunter.

Bums.

Der Bus fährt weiter.

Danke, Allah. Wow, danke!

Ich habe nie aufgehört, an Dich zu glauben, das weißt Du genau.

Mein Gott, danke, Allah, danke von ganzem Herzen!

Ich renne zu dem Koffer, meine Schafe laufen mir hinterher, ich drehe mich also um und drohe ihnen mit dem Stock. Sie bilden wieder ihren Kreis und bleiben stehen.

Der Koffer ist rosa, wie der Raïbi, das ist ein gutes Zeichen. Den gebe ich nicht wieder her, falls der Bus kehrtmacht. Das ist zwar schlecht, aber das nehme ich auf mich.

Er ist rosa, mit Rollen, und es steht »J'adore Dior« darauf. Was für ein seltsamer Koffer. Er ist weder mit einer Schnur verschlossen noch mit einem Klebeband, und es guckt auch kein Minzsträußchen raus. Es ist ein Koffer aus einer anderen Welt, das sieht man. Ich werde zwar von niemandem beobachtet, wage aber trotzdem nicht, ihn zu öffnen.

Ich will nicht, dass dieser Moment zu Ende geht. Dabei stecken vielleicht noch jede Menge mehr Momente darin, die nur darauf warten herauszukommen ...

Also gut, ich mache ihn auf. Wow! Amerika ist rosa und riecht gut. In Tafafilt sagt man *mirikan*, um all das zu umschreiben, was unerreichbar ist. Wirklich alles. Es glänzt. Es sind Kleidungsstücke darin, ein Schminktäschchen, auf dem »Mrs. Clooney« steht. *Mirikanisches* Erdbeergloss, *mirikanisches* Mangogloss und *mirikanisches* Walnussgloss. Zum ersten Mal wird mir bewusst, dass ich stinke.

Auch Jeans mit Strasssteinchen auf den Gesäßtaschen, *mirikanische* Paillettentops, *mirikanische* Keilabsätze, kleine *mirikanische* Abendtäschchen, im Grunde genommen eine komplette Nuttenausstattung. Das riecht stark nach *haram*. Aber wie verdammt gut das ist!

Ich ziehe die Jeans über, die mich anglänzen. Perfekt, die Länge. Ich krame in den Taschen und ziehe ein Papierknäuel heraus. Oh, mein Gott, das sind Zweihunderter-Banknoten! Sechs im Ganzen. Oh, mein Gott. Das sind mindestens ... mindestens ... das ist ungeheuer viel Geld, das alles.

Danke, Allah. Ich mache mir Vorwürfe, dass ich Dir all diese Sachen gesagt habe. Ich hätte einfach Geduld haben sollen. Ich wusste, dass Du mich erhören würdest, dass in meinem Leben irgendetwas passieren würde. Aber das hier übertrifft alle meine Erwartungen, dieser *mirikanische* Koffer. Du hast sie verdient, Deine neunundneunzig Namen. Ich schwör's.

Und da sind Strings. Fuchsia, schwarz, rot mit Spitze. Sogar ein String mit Perlen. Später werde ich darin Expertin sein, aber im Augenblick, muss ich sagen, habe ich ziemliche Mühe zu begreifen. Ich kann nichts dagegen machen, ungewollt muss ich lächeln. Ich schaue nach links, ich schaue nach rechts. Ich streife meine Unterhose ab. Ich ziehe den Perlenstring an. Was für ein eigenartiges Gefühl. Der schneidet richtig ein. Idealerweise sollte man komplett epiliert sein, um solche Dinger zu tragen, aber das ist mir egal, ich habe etwas *Mirikanisches* im Arsch. Ein sehr seltsames Gefühl. Es tut sogar ein bisschen weh. Die Schamhaare verheddern sich in den Perlen.

– Jbara! Jbara!

Scheiße, mein Vater!

– Komm her, du Nichtswürdige, und hilf deiner Mutter, ich habe Hunger!

Dann also los!

Hauptsache, er findet meinen Koffer nicht. Ich denke, es ist besser, die Beine in die Hand zu nehmen und zu ihm zu laufen.

Oh, mein Gott, tut das weh, Scheiße!

Das ziept!

Der String verwandelt sich in ein echtes Folterinstrument. Ich renne und unterdrücke meine Schmerzensschreie. Mein Vater schubst mich, als ich an ihm vorbeikomme. Ich laufe noch schneller.

– Entschuldigung, Papa. Ich bin schon da, Entschuldigung.

Ich schäle Rüben, denke dabei aber nur an meinen Koffer. Es ist trotz allem unglaublich, was mir da passiert ist

– Hast du deine Gebete gesprochen, meine Tochter?

– Ja, Mama, aber noch nicht die des *asr*.

– Du musst sie pünktlich sprechen, sonst ist es *haram*.

Das zum Beispiel weiß ich, Allah, dass nicht Du es gewesen sein kannst, der so etwas gesagt hat. Was ändert es für Dich, ob man das Gebet zu einer festgelegten Stunde spricht? Wenn man richtig arbeitet, soll man da etwa eine Pause einlegen, nur um Dich zu preisen? Du hast nichts von alledem verlangt, da bin ich mir sicher. Du hast nur um eines gebeten, nämlich dass wir alle den Arsch hochkriegen! Das ja, das glaube ich gern.

Meine Mutter macht mir ein Zeichen, dass ich beten soll. Mit diesem String am Leib? Ein bisschen deplatziert, finde ich. Aber ich habe keine Wahl.

Ich hole meinen kleinen Teppich und lasse mich im Hintergrund nieder. Ich schütze Rückenschmerzen vor, um nicht auf die Knie gehen zu müssen. Ich habe jetzt schon einen blutigen Hintern. Ich spreche mein Gebet und sage einen Vers auf, denke dabei aber an meinen Koffer und an alles, was darin ist.

Mist, jetzt habe ich mir die Schlappen eingesaut. Ich bin nur noch am Kotzen. Was ist mit mir los, verdammt nochmal?

Mit mir ist los, dass ich schwanger bin. Mein Bauch ist auf einen Schlag ganz dick geworden. Ich wollte, dass etwas passiert, aber nicht das. Das ist der Tod, das ist mein Tod. Wenn man nicht verheiratet ist, wird man verstoßen.

Ich liege am Boden. Es hagelt Schläge auf meinen Rücken, auf die Waden. Mechanisch schütze ich meinen Bauch. Dabei ist er es, der mich umgebracht hat.

– Du bringst Schande über uns, du miese Schlampe, hier kannst du nicht mehr bleiben! Scher dich fort, unverzüglich, du kleine Nutte, du Teufelstochter, du Sünderin!

Allah, um so viel hatte ich doch gar nicht gebeten.

Ich mache mich auf den Weg und ziehe meinen rosa Trolley hinter mir her. Ich begreife nicht wirklich, was mit mir passiert. Ich habe schreckliche Angst. Ich spüre intuitiv, dass eine Unmenge von Entscheidungen auf mich zukommen wird. Manchmal ist es besser, wenn nichts passiert. Sie werden jetzt natürlich sagen, dass ich allmählich wissen sollte, was ich will. Ich geb 's zu, ich habe keinen Schimmer.

Ich wollte sehen, wie es woanders aussieht, jetzt werde ich mich daran sattsehen können.

Hinter mir höre ich den Bus herankommen. Ich hebe die Hand. Er verlangsamt die Fahrt. Ich muss mich gar nicht vor die Räder werfen. Das Glück. Beinahe. Ich kaufe meine Fahrkarte und setze mich ungefähr in die Mitte, neben eine alte Dame, die mir den Fensterplatz überlässt. Alle drei Sekunden kratzt sie sich am Hals. Das nervt. Der Bus fährt wieder los.

– Khkhhkkhhkkkk!!

Sie schluckt.

Ich weine.

Ich bin drin, in diesem Scheißbus, und gucke nicht einmal hin. Die Leute hier drin gleichen mir. Sie dünsten das Elend aus, wie ich.

Aber wie konnte es nur passieren, dass ein *mirikanischer* Koffer von einem so armseligen Bus fällt? Sehr merkwürdig. Wirklich. Nicht einmal merkwürdig, es ist unmöglich. Und doch ist es passiert. Also muss es Allah gewesen sein.

Egal wie, ich habe ein Baby im Bauch, ich habe keine Familie mehr, kein Dach überm Kopf und kein Zuhause, es sieht ganz so aus, als gehöre ich zu den Top Five des *haram*. Ich bin ganz offensichtlich keine Jungfrau mehr, auch wenn noch alle meine Schamhaare dran sind.

Der Bus macht einen Stopp in Tendaba. Der Fahrer steigt aus, um einen Kaffee zu trinken. Ich ziehe es vor, sitzen zu bleiben und mich nicht von der Stelle zu rühren. Ein Mann kommt auf mich zu.

– Der rosa Koffer, ist das deiner?

– Ja.

– Wie kommt das?

– Wie kommt was?

– Wie kommt es, dass du so einen Koffer hast?

– Ich glaube, das geht dich nichts an.

Ich muss ihm zeigen, dass ich keine Angst habe.

– Vor sechs Monaten hat ein amerikanisches Paar diesen Bus genommen, weil ihnen der Geländewagen abgekratzt ist. Das waren reiche Leute, und ihre Tochter hat ständig herumgezickt. Sie glaubte, wir verstehen sie nicht, deshalb hat sie über uns hergezogen. Ich spreche aber ein bisschen *Mirikan*, und ich mochte nicht, was sie sagte. Deshalb habe ich ihren Koffer runtergeworfen.

– Du hast ihn runtergeworfen? Aber wie denn?

– Ich sitze während der Fahrt auf dem Dach, ich kümmere mich um das Gepäck. Ich hätte nicht gedacht, dass ich den noch einmal wiedersehe. Was machst du, wo fährst du hin?

– Ich weiß nicht ... ich werde sehen ... Was willst du?

– Ich? Ich will nichts. Nur ein bisschen reden, das ist alles. Na gut, auf Wiedersehen.

– Wie kommt es, dass du *Mirikan* sprichst?

– Ich habe in Frankreich gelebt, bin aber zurückgekommen, und dort habe ich ein wenig Sprachen gelernt ...

– Weshalb bist du zurückgekommen?

– Wenn man schon als Dienstmädchen arbeitet, kann man das genauso gut zu Hause tun.

Diese Betrachtungsweise gefällt mir. Aber ich habe noch nie mit einem Unbekannten gesprochen. Deshalb sage ich ihm lieber:

– Auf Wiedersehen.

Er antwortet:

– Auf Wiedersehen ...

Ich frage ihn:

– Und das ist dein Beruf?

– Nun ja …
– Gut, auf Wiedersehen.
– Auf Wiedersehen … ich heiße übrigens Khalid.
– In Ordnung. Auf Wiedersehen.
– Auf Wiedersehen.

Mein Gott, es ist das erste Mal, dass ich mit einem Mann spreche. Ich war lächerlich, total aggressiv. Ich habe zwanzig Mal »Auf Wiedersehen« gesagt, wie eine Bekloppte. Und ich war giftig. Völlig unnötig außerdem, er war ja höflich. Aber wenn man jemanden nicht kennt, sollte man lieber blaffen, so kann man sicher sein, ihn noch weniger kennenzulernen. Das ist beruhigender. Vielleicht sollte ich mich bei ihm bedanken. Nein, dann glaubt er noch, ich will was. Gut, wenn ich aussteige, werde ich weitersehen.

Drei Stunden später komme ich am Busbahnhof von Belsouss an. Es wimmelt nur so von Leuten, so viele auf einmal habe ich noch nie gesehen. Da sind Autos, Zweiräder, Taxis, Lastwagen, Bettler, Kinder, Dreck und ich. Ich traue mich nicht, aus dem Bus zu steigen, ich warte, bis er sich leert. Dann steige ich aus. Ich finde meinen Koffer wieder, der neben dem Bus auf mich wartet. Khalid musste wohl schon weg, ich sehe ihn nicht. Ich wäre sowieso wieder eine Niete gewesen …

Also gehe ich aufs Geratewohl in eine Richtung und werde fast bei jedem Schritt überfahren. Ich bin das nicht gewöhnt. Ich habe Hunger.

In einem Schaufenster werden Hähnchen gegrillt. Es riecht gut. Ich gehe hinein in das Restaurant. Ich weiß nicht, woher ich den Mut nehme, aber ich stelle mir nicht einmal die Frage. Ich weiß genau, dass ich angezogen bin wie ein armes Mädchen und dass die anderen mich für ein Landei halten.

Alle Leute drehen sich nach mir um. Ich schlage die Augen nieder. Es sind nur Männer da und eine Familie mit einer verschleierten Mutter. Natürlich wirke ich komisch, so ganz allein. Ich setze mich auf einen fettigen Schemel, stütze meine Ellbogen auf einen fettigen Tisch und bestelle eine *tagine au gras*.

– Hier wird im Voraus bezahlt!

Ich ziehe einen Zwanziger raus und stopfe damit diesem Idioten von Kellner den Mund. Und ich bestelle sogar eine *Pipsi*.

Kaum zu fassen, dass ich solche Sachen esse und trinke, auf einem richtigen Stuhl sitze, mit Leuten, die um mich herumlaufen, und Autos, die hupen. Alles hat seinen Preis. Was werde ich tun, wenn ich aufgegessen habe? Iss erst mal, sage ich mir.

Der Kellner wischt einen Tisch direkt neben meinem ab. Sein grauer Lappen riecht schlecht.

– Was hat ein Mädchen wie du hier zu suchen?

Ich kann mir keinen Reim auf das »wie du« machen. »Wie du«, das heißt armselig und elend. Und er hat recht, der Mistkerl, das ist es, was ich in diesem Augenblick bin. Ich fühle mich einsam wie der Tod, dabei sehen mich alle Leute an. Es tut so weh, immer nur jemand anders zu sein und niemals jemand.

– Gibt es keine Putzstelle hier?

– Kommt darauf an ...

Weil ich schwanger bin, kriegt er nur einen geblasen. Er stinkt nicht so sehr wie Miloud, aber das ist es gar nicht mal. Ich kann kaum atmen. Er spritzt ab. Die saure Milch tropft auf meine Brüste. Er zieht den Reißverschluss seiner Hose hoch und geht. Ich habe ein kleines Zimmer im dritten Stock, und jeden Morgen um sechs Uhr putze ich im Café Zitouni.

Ich kotze. Ich schwitze. Ich habe Wehen. Es ist drei Uhr morgens. Ich schleppe mich mühsam durch die menschenleeren Straßen von Belsouss. Herrenlose Hunde suchen Streit mit mir, sie verstehen aber von selbst, dass man sich mit mir heute Abend besser nicht anlegt. Ich komme in die Gegend, die ich mir schon vor geraumer Zeit vage ausgeguckt hatte. Es ist menschenleer, wie vorgesehen. Ich lege mich auf den Boden, stütze mich mit dem Rücken auf dem Gehsteig ab und presse. Ich presse. Ich presse. Verdammte Scheiße, tut das weh. Meine Herren, stellen Sie sich einen dicken Haufen vor, der aber nicht längs, sondern quer rauskommt. Multiplizieren Sie diesen Schmerz mit unendlich. Und geben Sie Pfeffer dazu. Dann haben Sie, was ich durchmache. Selbst die Hunde lassen mich stillschweigend mein Kind aussetzen. Ich bringe es nicht über mich, »töten« zu sagen. Ich will daran glauben, dass irgendjemand vorbeikommt, wenn ich weg bin. Ich will daran glauben.

Zumindest haben sie Respekt vor dem Tod, diese Hunde.

Ich habe an alles gedacht, Schere und Taschentuch. Ich schneide. Er oder sie schreit. Ich wische mich ab. Ich sehe nicht hin. Er oder sie schreit weniger. Ich halte mir die Ohren zu. Ich bleibe nicht stehen, ich gehe weiter. Er oder sie schreit nicht mehr. Ich schreie.

Die folgenden Tage sind ohne Belang, es ist der Alltag einer Beinahe-Mutter, die ihr Kind ausgesetzt hat und zu vergessen sucht. Sie schafft es nicht, also weint sie.

Sehr durchwachsen, vorhersehbar bis zum Gehtnichtmehr. Schwamm drüber.

Tagsüber habe ich eine Menge Freizeit. Manchmal gehe ich zum Kiosk und blättere ein wenig in den Zeitschriften, solange der Händler mich nicht anschnauzt. Weil ich sie natürlich nicht kaufe, die Zeitschriften. Einmal habe ich das Foto von einer Blondine gesehen, auf dem Flughafen einer großen Stadt, und fast wäre ich in Ohnmacht gefallen: Sie hatte denselben Koffer wie ich. Auch sie schwärmte für Dior. In einer anderen Zeitschrift habe ich Fotos von einer Blondine gesehen, bei der oben aus dem Rock der String herausguckte. So ähnlich muss das amerikanische Mädchen ausgesehen haben, das seinen Koffer verloren hat.

Wenn ich in meinem Zimmer bin, höre ich oft Radio. Ich habe ein Radio. Ich habe Moufhida Ben Abess' Sendung »Schönheit für einen Dinar« entdeckt, für Frauen, die keine Knete haben, wie ich:

»Liebe Zuhörerinnen, ich bin Moufhida Ben Abess. Willkommen bei der Sendung ›Schönheit für einen Dinar‹, auf dass die Schönheit nicht das Privileg der betuchten Frauen oder der Hollywood-Stars bleibe. Wir können mit geringen Mitteln schön sein, und die Natur ist unsere beste Verbündete. Heute Abend also werde ich Ihnen das Rezept für kerngesundes, seidenweiches Haar geben, genau wie das von Jennifer Aniston. Kaufen Sie eine Knoblauchzehe, Olivenöl und außerdem eine Joghurtmaske. Und als kleines Extra für eine Haarfarbe à la Eva Longoria mischen

Sie ein wenig Wasserstoffperoxid und zwei Beutel Nescafé darunter.«

Diese Sendung ist wie für mich gemacht. Ich bin zwar arm, betrachte mich aber trotzdem im Spiegel. Ich spüre förmlich, wie mir aus dem Rücken Flügel wachsen, das muss die Luft der Großstadt sein. Ich werde mir die Haare färben. Ganz allein. Ich renne in den Gemischtwarenladen, Nescafé und Wasserstoffperoxid kaufen, da weckt an der Kasse eine Tube Wundercreme meine Neugier. Auf einem Foto sieht man eine Schwarze mit einer schrecklichen Frisur und daneben dieselbe Schwarze, diesmal aber mit glatten, wunderschönen Haaren. Ich kaufe die Creme.

Ich kann es kaum glauben, dass ich mir jetzt Sachen kaufen kann. Kaufen, verdammt!

Danke, Allah.

Ich steige wieder die Treppe hoch und nehme vier Stufen auf einmal. Ich hänge meinen kleinen rostigen Spiegel über das Waschbecken und bestreiche meine Haare mit der Creme von der Schwarzen. Anschließend tue ich meine Mischung aus Wasserstoffperoxid und Nescafé obendrauf.

Da steht »20 Minuten einwirken lassen«.

1, 2, 3, 4, 5, 6, 7, 8, 9, 10, 11, 12, 13, 14, 15, 16, 17, 18, 19, 20 …

Das hat alles verbrannt. Ich muss meine Haare ein ganzes Stück abschneiden. Moufhida, du Miststück. Schwarzes Miststück.

Das Hühnerfett schreckt mich nicht, ich reibe es richtig ab und gebe immer mein Bestes. Es ist schwierig, weil die Lappen fettiger sind als das Essen, aber was willst du machen, das ist mein Job. Eines Morgens ist der Besitzer sehr früh gekommen, um die Kasse vom Vorabend abzuholen.

Ich hatte Gloss drauf und die Haare offen, ohne mein Tuch. Er war überrascht und hat »Guten Tag« zu mir gesagt. In die Augen, zum ersten Mal. Monsieur Bouab könnte man als Kugel bezeichnen. Seine Finger sehen aus wie kleine Bratwürste und sein Siegelring wie ein Druckverband. Er hat eine lange Haarsträhne, die er von links nach rechts klappt, um seine Glatze zu kaschieren. Das ist lustig, wenn es einen Windstoß gibt. Monsieur Bouab ist ein reicher Mann. Seine Gürtelschnalle ist aus Gold. Oder jedenfalls vergoldet.

Sein »Guten Tag« hat mir Halt gegeben. Dafür habe ich mich sehr erkenntlich gezeigt.

Im Grunde kann ich mich nicht beklagen. Ich verkaufe Sex für ein Zimmer und ein kleines Gehalt. Was ist schlecht daran?

Heute Abend suche ich mir den pinkfarbenen String aus, dazu ein schwarzes Oberteil und einen Jeans-Minirock. Es ist fast Zeit zu gehen. Ich hole meinen *lizar* heraus, mit dem ich mich vollständig umhülle. Um den Blick der Leute zu vermeiden, lasse ich nur ein Auge herausgucken. Ich laufe völlig ungeniert herum, über jeden Verdacht erhaben. Wer würde so respektlos sein zu glauben, dass sich unter meinem *lizar* eine Nutte verbirgt? Er ist die beste Absicherung. Nur meine Schuhe könnten mich verraten. Aber niemand wagt es, eine verschleierte Frau anzusehen. Man lässt sie in Ruhe, die verschleierten Frauen.

Ich dränge mich durch die Gässchen des *souk*, durchquere die düsteren Alleen, und wie ein Geist betrete ich ein Haus, dessen Tür mysteriöserweise nur angelehnt ist. Der Dicke liegt auf einer Bank mit geblümtem Polster. Ich lasse den *lizar* langsam über meine nicht enthaarten Beine hinuntergleiten. Der Dicke stöhnt schon beim Zusehen. Dabei habe ich noch gar nichts gemacht.

Das ging aber schnell, ich brauchte mich nicht einmal draufzulegen.

Ich werfe mir den *lizar* wieder über, nehme mein Geld und gehe, wie ich gekommen bin, verschleiert. Er ist mein Freiraum, dieser *lizar*. Darunter kann ich tun und lassen, was ich will. Ich habe meine Wahl getroffen.

Zuhause mache ich das Radio an:

»Liebe Zuhörerinnen, willkommen bei unserer Sendung ›Schönheit für einen Dinar‹. Ich bin Moufhida Ben Abess. Heute zum Thema ›Wie bekommt man so schöne Hände wie Angelina Jolie?‹ Nehmen Sie eine Avocado und Arganöl, mischen Sie das Ganze und reiben Sie die Hände damit ein. Besonders das Nagelbett, und schieben Sie die Nagelhaut zurück.«

Ich habe keine großen Ausgaben und bin insgesamt ziemlich sparsam. Es gibt zwar bestimmte Läden, in die ich mich nicht hineintraue. Aber inzwischen habe ich schöne Kleider, ich esse praktisch jeden Tag die Reste, und mein Zimmer kostet mich zehn Blowjobs im Monat. Mein bisschen Erspartes verstecke ich zwischen den Schlüpfern, in meinen Strumpfhosen. Ich habe fast 1000 Dinar gespart. Danke, Allah.

Und dann, eines Tages, als ich gerade dabei bin, das Scheißhaus zu schrubben, kommt von hinten Abdelkrim, der Kellner, und sagt zu mir:

– Hättest du Lust, in Masmara zu arbeiten?

Ich drehe mich um. Er hat nicht einmal seine Hose heruntergelassen.

– Wie bitte?

– Mein Bruder arbeitet dort bei Leuten, die ein Hausmädchen brauchen.

Ich stehe auf. Es geht weiter. Wie konnte ich Dich nur so sehr bedrängen, Allah?

Entschuldigung. Entschuldigung.

– Aber ja! Ja, wirklich, ich bin fleißig, das weißt du ja, ich würde alles tun, was getan werden muss.

– Du musst nur morgen nach Masmara fahren.

Ich traue meinen Augen nicht. Meinen Ohren nicht. Allen beiden nicht. Masmara! Ich? Jbara Aït Goumbra? Ich hab 's geschafft, ich bin nicht mehr gar nichts, ich gehöre zum Volk. Auch wenn es dreckig ist, das ist mir egal.

Ich bin darauf gefasst, dass er den Reißverschluss seiner Jeans aufzieht, aber er geht und sagt nur, dass er mir alles aufschreiben wird, und er fügt sogar hinzu:

– Viel Glück.

Die Männer sind mir ein Rätsel. In dem Moment hätte ich ihm seinen Blowjob liebend gern gemacht. Heute hätte das einen Sinn gehabt.

Natürlich kann ich die ganze Nacht nicht schlafen. Ich falte meine Sachen wohl zwanzig Mal, kämme mir immer wieder die Haare. Ich habe mich mit ihnen abgefunden. Sie sind lockig. Ich tue Öl drauf, damit sie glänzen. Ich lackiere mir sogar die Nägel. Zwar ein bisschen über den Rand, aber was soll's. Ich ziehe Schuhe mit Absätzen an. Auf Stöckeln sind meine Füße wie verwandelt, sie verfeinern sich. Ich bin bereit.

Ich komme zum Busbahnhof von Belsouss. Der Bus nach Masmara ist blau. Ich kaufe meine Fahrkarte und setze mich hinten rein. Während der ganzen Fahrt bin ich kribbelig wie ein Floh. Ich glaube wirklich, diesmal bin ich im Bus die Vornehmste. Danke, Allah.

Aber auch Entschuldigung. Ich vermute, dass Dir nicht alles gefällt, was ich tue, dass Du nicht alles gutheißt. Und das ist normal. Ich habe aber trotzdem eine Frage. Wenn ich in einer guten Familie geboren wäre, in einer guten Stadt, mit einer guten Erziehung, dann wäre ich zwangsläufig ein gutes Mädchen geworden, Allah. Ich hätte einen guten Mann geheiratet und gute Kinder bekommen. Aber so ist mein Start ins Leben nun einmal nicht gewesen. Du wirst zugeben, dass ich mich mit gewaltigen Problemen herumschlagen musste. Wie willst Du es also anstellen, über mich zu urteilen? Ich hoffe, du wirst meinen schlechten Start berücksichtigen …

Wir sind die ganze Nacht durchgefahren. Ich habe nicht geschlafen. Zu aufgeregt. Wir kommen an. Uff, mein Koffer ist da. Er ist nicht heruntergefallen. Normal, ich lege mich ja auch nicht mit den Leuten an. Ich steuere auf ein kleines orangefarbenes Taxi zu und sage:

– Schweizer Viertel, bitte, n° 104, Villa Samarcande.

Wenn mir das jemand noch vor einem Jahr gesagt hätte …

Hat irgendjemand mein Baby begraben? Oder hat es jemand noch rechtzeitig gefunden? Oder ist es von den Hunden gefressen worden?

Was ist nur los mit mir, dass ich ausgerechnet jetzt daran denke? Schnell, vergessen.

Was habe ich gerade gesagt? Ach ja. Wenn ich gewusst hätte, dass Du meine Wünsche so ernstnehmen würdest, Allah, dann hätte ich Dich auch um glatte Haare gebeten. Oder um einen französischen Pass. Nein, lieber glatte Haare. Obwohl, in Frankreich könnte ich mir glatte Haare kaufen. Ganz bestimmt kann man die da kaufen.

Ich merke, dass wir uns den Reichen nähern. Die Villen sind nicht mehr aus Zement, sondern bunt, sie haben seltsame Formen, das sind keine grauen Blöcke, es sind kühne Bauten, die Villen der Reichen. Außerdem sind sie gut versteckt. Hinter Bougainvillen und Blumen, die aussehen wie Girlanden. Außerdem sind sie bewacht. Von alten Wächtern, die vor jedem Eingang auf Schemeln sitzen. Ich frage mich zwar, was ein alter Wächter gegen Diebe ausrichten soll, aber ich habe verstanden, es ist eine

Sache des Respekts. Bei uns werden die Alten sehr respektiert, deshalb werden die Diebe einen alten Wächter nicht schlagen. Und deshalb werden die Diebe die Reichen auch nicht bestehlen. Sie sind schlau, die Reichen, nicht nur reich. Ich finde, dass ich vornehm aussehe und beinahe aus einer der Familien kommen könnte, die hier wohnen. *Beinahe*, ich bin ja trotz allem nicht verrückt ... Es gibt immer kleine Details, die uns verraten und die uns daran erinnern, wo wir herkommen. Bei mir sind es die Zähne. Ich habe mich noch nicht daran gewöhnt, dass man sie jeden Tag putzen muss. Aber jetzt, wo ich in einem Palast wohne, werde ich mir eine Zahnbürste kaufen. Es gibt noch jede Menge weiterer Details, die mich verraten. Meine Hände sind die einer Arbeiterin. Meine Füße sind die einer Barfuß-Geherin. Meine Mumu ist die einer kleinen Nutte. Meine Augen sind die einer Armen. Sie sind immer niedergeschlagen.

Ich klingle, ein junger Mann macht die Tür auf, es ist Abdelatif, Abdelkrims Bruder.

– Guten Tag, ich bin Abdelatif.

– Guten Tag, ich bin Jbara.

– Hattest du eine gute Reise? Komm herein.

Er nimmt meinen Koffer. Er ist nett, sag bloß!

– Ja, sehr gut, danke. Abdelatif, vielen Dank für diese Arbeit ...

– Wenn du zuverlässig und fleißig bist, wird es keine Probleme geben, du wirst sehen.

– Gott möge mein Zeuge sein, die Arbeit macht mir keine Angst ...

– Hier, das ist deine Uniform, zieh sie an, und dann kommst du zu mir in die Küche.

– In Ordnung ... danke ...

Ich binde mir ein Tuch um den Kopf und ziehe eine himmelblaue Bluse an. Ich nehme mir kaum die Zeit, mir mein Zimmer anzusehen. Es ist nicht größer als das in Belsouss, aber sauberer, die Wände sind weiß. Ich gehe lieber gleich in die Küche, ich werde noch jede Menge Zeit haben, Bekanntschaft mit meiner neuen Behausung zu machen. Ich mache weiter mit Schwung und bin immer auf dem Sprung ... ich produziere Reime, Masmara verleiht mir Flügel.

Das Haus ist prachtvoll, das müssen Leute sein, die den König kennen, mindestens. In der Küche gibt es eine Nette und eine Böse. Die Nette ist in meinem Alter, sie sitzt in derselben Scheiße wie ich. Sie heißt Latifa. Die Böse ist dick, heißt Hafida und ist natürlich die Chefin.

– Du gibst keine Widerworte, du fragst nicht, ob du Ausgang haben kannst und du bandelst nicht mit den Gärtnern aus der Nachbarschaft an. Du repräsentierst gewissermaßen die Familie. Du sagst nur »Ja, *Lalla*« und »Ja, *Sidi*«, dann ist alles in Ordnung. Du gehst schlafen, wenn alle andern schlafen, und du guckst Sidi nicht in die Augen. Manchmal regt er sich auf, darauf entgegnest du aber nie etwas. Er arbeitet viel, er trägt große Verantwortung, deshalb muss alles parat sein, immer, die ganze Zeit ...

Die Herrin kommt. Bei ihrem Anblick begreife ich, warum die Armen reich werden wollen. Sie ist schön. Sie ist selbstsicher. Sie ist beneidenswert. Sie ist gepflegt, gut angezogen, gut geschminkt und jedes Detail ist durchdacht. Sie hat keine Zeit, uns zu sehen, sie wirkt sehr beschäftigt. Ihr eigentliches Problem ist aber im Augenblick, dass bei dem Abendessen, das sie heute veranstaltet, zwei zerstrittene Freundinnen nebeneinander sitzen, deren Ehemänner einen Deal miteinander machen müssen. Das ist aber nicht weiter schlimm, sie ist so was von schön. Wie eine Französin ...

– Du bist die Neue?

– Ja, Lalla.

– Komm mal mit, ich zeige dir ... Hallo ...

Ich folge ihr.

– 20 Uhr 30, meine Liebe, und wehe, wenn du etwas mitbringst, dann bringe ich dich um, ich schwör's! Bis heute Abend, Küsschen ...

Sie legt auf.

– Aber aufgepasst! Die Letzte habe ich rausgeschmissen, weil sie mit dem Gärtner von nebenan herumpoussiert hat, so etwas gibt es bei mir nicht.

– Ja, Lalla.

Die Herrin führt mich in den Garten, wo es vor Leuten nur so wimmelt. Da gibt's nichts, der ist wirklich schön. Jetzt weiß ich, dass es im Leben noch Schöneres gibt als den Raïbi Jamila, Reichsein, ganz einfach.

Verfluchtes Tafafilt!

Keine Zeit, über meine Scheiße nachzudenken, ich muss die der anderen wegräumen.

– Das sind meine Töchter. Das ist Lalla Najwa und das ist Lalla Malika. Das ist Sidi Mohamed, mein Sohn.

Keiner würdigt mich eines Blickes. Macht nichts, ich bin es gewohnt, nicht zu existieren. Die Mädchen spielen mit ihren Handys und brechen ständig in schallendes Gelächter aus, wie die Verrückten. Die Jungen spielen im Swimmingpool, sie tauchen sich gegenseitig unter und werfen sich Schimpfworte wie »Bastard« und »Blödmann« an den Kopf.

– Scheiße, wann gibt es Essen?!

Das ist Sidi Mohamed, der Hunger hat.

Ich räume die Rosé-Gläser, die Zigarettenpackungen und die Aschenbecher weg. Ich wische den Tisch ab, während Latifa, die Nette, Salate und Fleischspieße aufträgt, gefolgt von der Dicken mit den Getränken. Allen läuft der Schweiß herunter. Die Herrin hat sich umgezogen. Sie hat ihren Badeanzug an, mit einem passenden Pareo um die Hüften. Immerhin ist sie eine Mutter. Aber sie hat eine bessere Figur als ihre Töchter. Also versteckt sie, nur um die Form zu wahren, ihren kleinen sexy Hintern. Klammheimlich werfen ihr die Freunde ihres Sohnes Blicke zu, ich sehe sie und sie sieht sie, ebenso klammheimlich...

Ich bleibe nicht bei ihnen, aber in Sichtweite. Ich bin auf der Hut. Wie das zugeht bei den Reichen! Die Kinder beschimpfen ihre Freunde, und die Mutter lästert über ihre Freundinnen, bezeichnet sie als ausrangierte Flugbegleiterinnen oder unterstellt, dass sie Modeschmuck tragen oder über ihre Verhältnisse leben oder dass ihre Kinder zurückgeblieben sind. Solche Sachen. Trotzdem sind alle heute Abend eingeladen.

Ich mag Lalla Nawja ganz gern, sie ist die Jüngste und Verständigste. Vor allem aber hat sie »Leck mich am Arsch!« zu ihrem Bruder Sidi Mohamed gesagt, und weil ich glaube, dass ich sehr oft Lust haben werde, ihm dasselbe zu sagen, habe ich es mit großer Genugtuung zur Kenntnis genommen. Manchmal, wenn wir uns auf den Fluren begegnen, schenkt sie mir ein kleines Lächeln. Einmal hat sie mich gebeten, ihr in ihrem Badezimmer den Rücken zu waschen und danach hat sie »Danke!« gesagt. Und sie hat mir eine Schmetterlingshaarspange gegeben.

Trotz allem bleibt sie aber eine Reiche. Sie hat solche Allüren mitunter. Das tut sie nicht mit Absicht, es ist einfach so, es muss in ihrem genetischen Code eingeschrieben sein. Die Reichen sehen uns nicht. Sidi Slimane, der Papa, zum Beispiel, hat mich nie zur Kenntnis genommen. Er spricht nicht mit mir. Nicht weil er mich nicht mag, glaube ich. Man könnte sagen, ihm geht ständig etwas durch den Kopf, Dinge von höchster Wichtigkeit. Für ihn bin ich eine Ameise, wie die tausend anderen, die er auf dem Weg ins Büro jeden Tag tottritt. Denn Sidi, der hat keine Zeit, auf dem gepflasterten Weg zu gehen, der geht quer über den Rasen.

Es ist vier Uhr morgens, und ich schlafe. Ich glaube, ich habe friedlich vor mich hingeträumt, als in meinem Zimmer auf einmal ein entsetzliches Klingeln ertönt. Ich stehe auf. Zum Teufel. Die lieben Kleinen sind nach Hause gekommen. Es ist Samstag, diese Wichser waren im La Calypso, und das La Calypso macht hungrig. Heute Abend ist es mir egal, ich spucke ihnen ins Essen.

Besoffen hängen sie alle auf den Sofas herum. Lalla Malika will gerade noch einmal auf den Knopf drücken, der es in meiner Bude klingeln lässt, sieht aber, dass ich völlig schlaftrunken bin, als ich zu ihr komme.

– Wir haben Hunger, mach warm, was zu essen da ist.

Ich wärme das Essen auf, ich schneide, ich mische und ich spucke. Auf der anderen Seite sind die Sätze gespickt mit Ausdrücken wie »Verpiss dich, du Hurensohn!« – »Ich poppe sie, wann ich will!« – »Lass dich doch in den Arsch ficken, dreckiger Araber!« und so weiter und so fort.

Es sind Freunde.

Ich bringe das Essen, sie stürzen sich drauf und trinken aus der Flasche, wie echte Männer.

Geduldig warte ich in der Küche, aber irgendwann kann ich nicht mehr und schlafe über den Rüben und Zucchini ein.

– Jbara! Jbara!

Ich schrecke hoch. Mir ist speiübel. Vor Müdigkeit. Ich höre Motorengeräusche, das Geschimpfe im Salon hat aufgehört. Sie sind schlafen gegangen. Ich muss das Geschirr spülen.

Seit Kurzem ziehe ich beim Spülen Handschuhe an, weil Moufhida Ben Abess vom Radio gesagt hat, dass Spülmittel die Haut austrocknen. Sie hat auch gesagt, dass man, »um ebenso weiche Hände zu bekommen wie Jennifer Aniston, Avocados mit Arganöl pürieren und sich eine Handmaske machen muss«.

Ich hatte noch keine Zeit dafür. Eigentlich weiß ich nicht einmal genau, was eine Avocado ist. Aber ich werde es herausfinden.

Jemand kommt herein. Ich sehe mich um, es ist Sidi Mohamed.

– Wünschen Sie etwas, Sidi?

Er stöhnt und schnauft beim Atmen. Sein Schweiß riecht nach Alkohol. Er rückt mir auf den Leib und hebt meinen Rock hoch. Er lässt seine Hose herunter, seine Boxershorts und holt seinen Schwanz heraus. Er dringt in mich ein. Sein Schwengel ist riesig, aber wirklich riesig, und ich habe ein schmales Becken, es tut also weh. Ich kann aber nicht schreien, denn es ist ja der Sidi. Er stößt immer fester zu, ich habe die Hände in der Seifenlauge, die Schaum schlägt, und fast hätte ich zwei Gläser zerbrochen. Ich weiß nicht, was ich machen soll, weinen ist so altmodisch. Außerdem nimmt er sich Zeit, der Arsch. Schließlich ejakuliert er. Er zieht seine Hose wieder hoch und geht weg, wobei er unverständliche Dinge vor sich hinbrummelt.

Es läuft an meinen Schenkeln herunter. Ich nehme ein Stück Papier und wische mich im Schritt notdürftig ab. Die Handschuhe habe ich angelassen. Ich mache den Abwasch fertig. Ich mache absichtlich ein Glas kaputt. Irgendetwas muss ich einfach tun. Ich mache noch ein Glas kaputt.

Gute Nacht. Scheiße.

Es ist das erste Mal, dass ich gevögelt werde und nichts dafür bekomme. Kein angenehmes Gefühl. Ich fühle mich beschmutzter als sonst. Das ist seltsam. Er hat mich ungestraft vergewaltigt, und jetzt schläft er da drüben wie ein Baby. Er wird das mit Sicherheit nochmal machen, und ich werde wieder Gläser zerbrechen. Ich werde mich dafür anschnauzen lassen und werde sie zu allem Überfluss auch noch bezahlen müssen. Keine gute Idee. Es ist besser, wenn ich einfach nur weine. Und leise. Man darf sie nicht aufwecken. Morgen wird es mir egal sein, ich gehe mir einen Raïbi Jamila kaufen, la la la la la ...

Nein, diesmal ist das kein Trost.

Nur weil Sidi seine Freundinnen aus guter Familie nicht vögeln kann, vögelt er mich. Er kann sie höchstens in den Arsch ficken, damit sie für den schönsten Tag ihres Lebens Jungfrauen bleiben. Werde ich jemals einen schönsten Tag meines Lebens haben?

Ja, Allah?

Was ich Dich eigentlich fragen will, Allah: Kann man seinem Schicksal entgehen? Hat ein Mädchen wie ich überhaupt ein Schicksal? Kannst Du mir im Ernst zum Vorwurf machen, dass ich ein Dach überm Kopf der Straße vorgezogen habe, ein bisschen Wärme der Kälte und ein Bett dem

Bordstein? Meine Entscheidungen sind absolut logisch. Und natürlich. Wer will schon Bettlerin werden? Niemand. Ich nicht. Ich habe meinen Körper verkauft. Was wäre denn aus mir geworden, wenn ich mich nicht prostituiert hätte? Ich hätte draußen geschlafen neben den Verrückten, den Bettlern und den Hunden. Nein, Allah, lieber mache ich das und habe ein schäbiges Dach über dem Kopf, aber immerhin ein Dach. Du weißt genau, dass ich es nicht aus Spaß gemacht habe. Du kannst doch in meinem Herzen lesen, also weißt Du alles. Es dient nur zur Deckung der Grundbedürfnisse, wie man zu sagen pflegt. Entschuldigung, Allah, dass ich so schonungslos mit Dir spreche, aber da Du sowieso alles hörst, was man im tiefsten Herzen denkt, werden Dich ein oder zwei unpassende Worte nicht schockieren, oder? Ich tue schreckliche Dinge, und ich höre nicht auf damit, mich Dir anzuvertrauen. Dir, dem Reinen. Das ist aber logisch, es gibt nur einen Reinen, der eine Unreine wie mich anleiten kann. Ich spreche zu Dir, wie es kommt, aber ich respektiere Dich. Das weißt du.

Jetzt habe ich Lust zu weinen.

Am nächsten Tag fürchte ich mich davor, Sidi Mohamed zu begegnen. Er hat mich immerhin ein bisschen vergewaltigt. Er nimmt sein Frühstück am Rande des Swimmingpools ein. Es ist 16 Uhr. Er sieht mich nicht an, aber nicht so als ob es ihm peinlich sei, eher so als existierte ich gar nicht. Als ob das, was er mir am Abend vorher angetan hatte, nichts sei, da ich ja selbst ein Nichts bin. Und einem Nichts kann man nichts Böses antun.

Ich habe sein Sperma zwischen meinen Schenkeln immer noch nicht richtig abgewaschen. Es fehlt mir noch an gewissen Automatismen in Sachen Hygiene. Ich bade einmal pro Woche im öffentlichen *hammam*, wenn ich es schaffe. Manchmal alle zehn Tage, okay. Die Lallas nehmen eine Dusche pro Tag und sie riechen wirklich gut. Sie waschen sich auch nicht mit schäbiger Seife, sie waschen sich mit einem Gel aus Flaschen in allen möglichen Farben mit nackten Frauen drauf, die im Dschungel duschen, und mit Kokosmilch statt mit Wasser.

Durch diese Flakons habe ich Lust bekommen, mich häufiger zu waschen. Ich habe immer eine besondere Beziehung zur Werbung gehabt. Ich spüre, dass ich lebe, wenn ich etwas besitze, was im Fernsehen kommt. Ab und zu klaue ich Lalla Najwa ein bisschen Mandelöl- oder Granatapfel-Duschgel, und dann wasche ich mich mit dem Rinnsal rostigen Wassers in meinem Zimmer. Nicht Sidi Mohamed ist das Problem, der ist ein Idiot und wird es sein Leben lang bleiben, nein, das Problem ist, dass Leute wie ich auf der untersten Stufe der Menschheit stehen, dass wir nicht den geringsten Wert haben. Wenn wir sterben, ändert sich nichts. Niemand wird mir hinterherweinen, niemand wird fragen, was aus mir geworden ist, niemandem werde ich in Erinnerung bleiben. Es ist schrecklich, niemandem in Erinnerung zu bleiben. Ich müsste versuchen, mich auf irgendein Familienfoto zu schmuggeln, als ob nichts wäre ... damit ich wenigstens irgendwo erscheine. Selbst wenn es nur im Hintergrund wäre, beim Tischabräumen. Ich bin noch nie fotografiert worden.

Ach ja, einmal, von den amerikanischen Touristen, die mit der weißen Fahne zu uns gekommen sind. Aber mein Foto hat bestimmt keinen Platz auf dem Kamin ihrer Villa gefunden. Vielleicht holen sie es ab und zu raus, um ihren Freunden zu zeigen, was für große Abenteurer sie sind und wie schön ich doch bin für eine arme Wüstenbewohnerin. Sie werden aber hinzufügen »Trotzdem, wie die gestunken hat ...«

Das Problem ist, wenn man nie eine Bedeutung gehabt hat, hat man auch nichts zu verlieren. Ich bin aber da, verdammt! Ich atme, ich habe Empfindungen, ich sehe, ich bin jemand, verflixt nochmal! Nein, ich bin nichts, nicht mal ein Dienstmädchen. Morgen wird eine andere meinen Platz einnehmen, ohne mein Bettzeug zu wechseln.

Sidi Mohamed verlangt seinen Pfefferminztee, ohne die Augen von der Zeitung zu heben. Ich hätte es gern, dass man mir in die Augen sieht, wenn man bei mir einen Tee oder ein Kissen bestellt. Dann spüre ich wenigstens, dass die Bestellung an mich gerichtet ist und dass *ich* den Tee oder das Kissen bringen soll. Ich bin dafür da, einen Tee oder ein Kissen zu bringen, und das ist doch etwas. Man sieht mir aber nie in die Augen. Selbst wenn er mich vögelt, sieht er mich nicht an. Also bringe ich ihm seinen Tee, dem Sidi, und vergesse, was er getan hat, weil ein Nichts nun einmal nicht denkt.

– Jbara! Jbara! Jbara!

Manchmal benutzen sie ihren Mund, manchmal eine Glocke. Heute ruft Lalla Malika nach mir, um mich um ihre Glocke zu bitten. Das ist witzig.

Während der ganzen Zeit habe ich Ersparnisse angesammelt, fast 1500 Dinar. Abdelatif hat sich freigenommen, er will seine Familie besuchen, und sein Bus kommt in der Nähe meiner Familie vorbei. Was für ein Zufall. Abdelatif ist freundlich, ernsthaft und fleißig. Er tut mir immer wieder Gefallen, und gelegentlich lächelt er mir aufrichtig zu. Was ich erwidere.

Ich gebe ihm die 1500 Dinar und ein paar kleine Plastikroboter und -püppchen für meine Brüder und Schwestern. Und ein Tuch mit einem Leoparden drauf. Es ist fast wie aus Seide. Jedenfalls legen es sich die schicken Frauen um den Hals, nicht um den Kopf. Meine Mutter wird es zusammengefaltet zu ihren Sachen stecken, zwischen ein Stück Stoff, das sie von ihrer Mutter bekommen hat, und einen *lizar*.

Abdelatif ist an der Tür und beruhigt mich.

– Also, du sagst, was ich dir gesagt habe, ja, ich arbeite in einem Laden, in dem Gold und Stoffe verkauft werden, es geht mir gut, ich esse gut und ich gehe in die Moschee …

Er unterbricht mich:

– Ja, natürlich, ich werde das alles genauso sagen, das wiederhole ich dir jetzt schon seit drei Tagen. Mach dir keine Sorgen, Jbara. Los, geh jetzt wieder rein, sonst schimpft dich die Herrin aus.

– Jbara! Jbara!

Ich ersticke einen Schluchzer und stelle mir vor, dass er meine arme Mama und meine Schafe sehen wird, und mein Herz krampft sich zusammen. Doch es entkrampft sich auch schnell wieder.

– Jbara, meine Sonnenbrille! Nicht die Versace, die Fendi!

Mein Herz rückt wieder an seinen Fleck, während ich vier Stufen auf einmal die Treppe hinaufeile. Ich kann weder lesen noch schreiben, aber den Unterschied zwischen Fendi und Versace kann ich erkennen, das ist lustig! Oder erbärmlich. Oder beides.

Der Porsche Cayenne wird angeworfen. Die Familie ist fertig zur Abreise. Sie fahren zur Kur. Ans Meer. Um sich zu erholen ... Denn sie sind müde. Sehr müde.

Hafida schließt die Tür hinter ihnen.

Ich atme durch.

Das Haus ist leer. Ich bin in meinem Zimmer und höre Moufhida Ben Abess. Sie bringt uns gerade bei, wie man schöne Haare bekommt. Ich hätte sie am Ansatz gern glatt, aber das geht nicht. Und Allah möchte ich nicht darum bitten. Er hat andere Sorgen.

Aber dennoch, Allah, eins wüsste ich gern: Warum haben die Leute im Norden so viel Regen und außerdem glatte Haare und wir im Süden Trockenheit und krause Haare?

Ich lege mich auf mein Bett. Latifa kommt mich mit zwei Gläsern Pfefferminztee besuchen.

– Ich schwör's dir, fast den ganzen Sonntag mit einer Gurke in der Mumu.

– Und das hat sie vor dir getan?

– Nun ja, sie hatte offenbar nichts dagegen, dass ich es sehe ...

– Und wie ist sie dann im Haus herumgelaufen? Ich meine, wie hat sie das angestellt, wenn da die Kinder waren und was weiß ich, wer noch alles.

– Nein, das muss irgendwann gewesen sein, als sie nicht da waren oder als sie allein mit mir war. Ab und zu hat es »bumm« gemacht, weil sie runtergefallen ist. Sie hat sie aufgehoben, abgespült und zu drei Vierteln wieder reingesteckt.

– Wahnsinn! Und woher weißt du, dass das zur ... wie hat sie das ausgedrückt?

– Zur Kräftigung ihrer Vaginalmuskulatur, hat sie gesagt. Bei einem Streit mit ihrem Mann hat sie mal zu ihm gesagt: »Und wenn ich daran denke, dass ich meine Sonntage mit einer Gurke in der Mumu verbringe, nur um meine Vaginalmuskulatur zu kräftigen, und du behandelst mich wie eine Nutte!« Und ihr Mann hat genauso wenig verstanden und hat gefragt »Wozu denn das?« Und sie hat geschrien: »Um dir mehr Lust zu verschaffen, du Blödmann!«

Wir haben uns totgelacht, und er hat sie heulend wie einen Schlosshund auf ihrem Bett liegen gelassen und ist trotzdem weggefahren.

Ich sagte mir, dass der Gurkensalat von nun an nie wieder den gleichen Geschmack haben würde. Ich fand das unglaublich. Ganze Sonntage mit einer Gurke in der Vagina, und der Typ haut trotzdem ab. Übrigens hat mich diese Geschichte lange Zeit verfolgt. Zum einen, weil ich es ab und zu selbst ausprobiert habe, und dann, weil man in dieser

Familie auf Gurken geradezu versessen war: roh, gesalzen im Salat, gezuckert im Salat mit Orangenblüten ... Und ich habe sie vorher nicht abgespült. Die Schale ist gut für die Verdauung ...

Oh ja, man wird gemein, wenn man arm ist und jeden Tag wie ein Stück Dreck behandelt wird. Wenn Sie reich sind und »Hausangestellte« haben oder Dienstboten, sollten Sie wissen, dass Sie uns früher oder später gekostet haben. Sie haben unseren Speichel gefressen, unsere Popel, unseren grünen Auswurf, unsere Kacke, unsere Pisse, unser Sperma. Zumindest einmal. Ganz sicher. Egal, ob Sie uns gut behandeln, ob Sie aufmerksam sind oder ob Sie sich uns gegenüber wie echte Schweine verhalten, Sie haben uns gekostet, Sie haben ein wenig von uns in sich ... Denn Sie sind reich und wir sind die Elenden. So ist das.

Wir haben herumgealbert fast wie zwei ganz normale junge Mädchen und dabei einen kleinen Pfefferminztee getrunken. Und dann kam die dicke Kuh und hat uns wieder in die Senkrechte gebracht.

– Los, an die Arbeit, ihr habt keine Ferien!

– Nein, aber nur zwei Sekunden, man wird doch mal ein bisschen verschnaufen dürfen ...

Ich weiß weder, was mich geritten hat, das zu sagen, noch, wie ich es gewagt habe, aber es hat die dicke Kuh zur Weißglut gebracht.

– Was ist dir denn zu Kopf gestiegen, du Schlampe? Ihr werdet jetzt eure kleinen Kaffernärsche erheben und auf der Stelle die Zimmer aufräumen! Wie kannst du es wagen, so mit mir zu sprechen?

Selbst bei den Armen gibt es eine Hierarchie. Es ist zum Totlachen.

Wir haben unsere kleinen Ärsche erhoben, wir hatten keine Wahl. Wir haben die Zimmer aufgeräumt. Die dicke Kuh dagegen hat ihren dicken Arsch auf ein Kanapee platziert und ihr fettes, hässliches Gesicht in die Schwarzwälder Kirschtorte vom Vortag versenkt. Mit einem Pfefferminztee. Vor einer Folge von *Raimonda*. Miststück.

Es ist 18 Uhr, und ich mache es mir auf meiner Matratze gemütlich. Da kommt Latifa angerannt wie eine Wahnsinnige.

– Heute Abend geht die dicke Kuh ihre Familie besuchen!

– Cool, dann gucken wir Fernsehen!

– Aber nein, wir gehen in die Disco!

– In die Disco?

– Aber ja, wo getanzt wird, und dann lernst du einen Franzosen kennen, und danach gehst du mit ihm ...

Latifa deutet einen Blowjob an. Ich muss laut lachen.

– Aber wie sollen wir das denn machen?

– Keine Sorge, ich habe einen Taxi-Freund, der bringt uns hin und bringt uns wieder zurück, wir geben ihm jede 100 Dinar. Mach dich fertig!

Ich wähle die Jeans mit den glänzenden Taschen, Schuhe mit Keilabsatz und ein türkisblaues Oberteil mit Fransen. Meine Haare werde ich bügeln, damit sie glatt sind. Na ja, ziemlich.

Allah, heute Abend werde ich mir wieder Böses zufügen. Ich werde anschaffen gehen. Es ist nicht mehr Miloud. Es ist nicht mehr Abdelkrim. Es ist nicht mehr, um zu essen, es ist, um mir Sachen zu kaufen. Extras. Außerdem wird es das erste Mal in meinem Leben sein, dass ich es nicht erdulden muss, und das will ich ausleben. Ich bitte nicht um Erlaubnis, ich will nur, dass Du weißt, dass ich weiß, was ich tue. Es ist hässlich. Vielleicht ist es *haram*. Aber zumindest gebe ich nicht Dir die Schuld. Ich übernehme meine Verantwortung. Ich werde den Preis dafür zahlen, wenn es überhaupt einen Preis zu zahlen gibt. Es sei denn, der Preis ist das Leben. Ich zahle ihn gern. Ich zahle auf jeden Fall cash. Du wirst nicht hinters Licht geführt, niemals würde ich Dich um Kredit bitten.

Ich möchte Dir danken, Allah, denn Du bist der einzige, der mir nie widerspricht. Es tut gut, wenn einem jemand zuhört. Du bist der Weiseste. Deswegen bist Du ja auch Allah. Du hörst zu, wenn alle durcheinanderschreien. Bei Dir habe ich gelernt, nicht herumzukrakeelen, mit Dir spreche ich ganz leise, und das tut mir gut, das besänftigt mich.

Danke, Allah.

Geschafft, ich bin da. Das Lokal heißt Monte Casino, und dort gibt es reihenweise Mädchen in Miniröcken und reihenweise Männer mit kurzärmeligen Hemden. Franzosen. Ich fühle mich nicht besonders wohl, ehrlich gesagt, ich fühle mich sogar ziemlich unbeholfen. Ich weiß weder, was ich mit meinen Händen anfangen soll, noch, wie ich mich hinstellen soll. Es ist heiß, meine Haare fangen an, sich zu kräuseln.

Latifa drückt mir ein Glas Champagner in die Hand, ich halte es wie einen Becher Limonade. Keine Klasse. Alle tanzen, alle reißen die Arme hoch, und ich denke, so was Beklopptes, an Tafafilt. Scheiße, warum muss ich immer denken? Sogar in einer Disco!

Latifa zeigt mir einen Mann, der ganz allein an der Bar sitzt. Ich ziehe die Kordel meines Strings aus der Jeans heraus und bewege mich auf ihn zu. Wie die Blonde aus der Zeitschrift.

Ich habe alle Worte vergessen, die Latifa mir im Taxi beigebracht hat, ich erinnere mich vage an ein:

– Ich liebe *Fronkreich.*

Er umfasst mich an der Taille und zieht mich an sich.

Er ist ganz rosa und hat sehr feine Lippen.

– Ach, ja? Und ich liebe deine kleine arabische Mumu.

Ich verstehe nicht viel, aber bei dem lüsternen Blick ist klar, dass er nicht gefragt hat, ob ich ihn heiraten will. Wir gehen auf die Tanzfläche, keiner von uns beiden weiß, was er mit seinem Körper anfangen soll. Er tanzt eine Mischung aus *zouk* und *jerk*, ich wiege meinen kleinen Arsch hin und her, weil uns das angeboren ist. Wir tanzen, wir trinken, er streichelt mich und sagt mir Sachen ins Ohr. Ich breche jedes Mal in Lachen aus und wiederhole »Ich liebe Fronkreich!« Er leckt mir das Ohr, das ist echt widerlich, ich hasse das, aber ich habe hier nicht das Recht zu hassen. Ich habe aber auch keine Lust, mit einem anderen das Ganze noch einmal von vorne anzufangen.

Wir sind in seinem Wagen. Ein vergammelter Mietwagen. Er hat behauptet, er sei Immobilienmakler in Paris. Er kann aber allerhöchstens Staubsauger-Vertreter in irgendeinem Kaff sein. Er schwitzt, er stöhnt, er ist genervt, weil ich es ihm nicht schnell genug mache. Er hält mich an den Haaren fest und fängt an, mich zu beschimpfen. Ich will mich nicht weiter darüber ausbreiten, aber eine Beschimpfung ist eine Beschimpfung. Plötzlich zerrt er zu fest an meinen Haaren, ich stoße seine Hand weg. Er steckt ihn mir in den Arsch. Dabei hatte ich gesagt »Nicht in den Arsch!« Aber ich will mein Geld und ich will nach Hause, deshalb meinetwegen in den Arsch.

Ich bin nicht allzu dämlich und außerdem lerne ich schnell. Ich weiß meine Vorzüge immer besser in Szene zu setzen, meine Haare sind gewachsen, und ich habe ein Produkt gefunden, das schöne Locken macht, ich schminke mich weniger, ich epiliere mich überall und lasse ab und zu eine *manucure* machen. Allmählich bekommt alles seine Ordnung. Im Monte Casino bin ich ziemlich populär geworden, sogar von den Türstehern am Eingang werde ich mit Küsschen begrüßt. Das ist sozialer Aufstieg.

Sidi Mohamed vögelt mich weiter umsonst. Inzwischen tut er es aber auch, wenn er nüchtern ist. Beim letzten Mal hat er mich am Hals gestreichelt.

Ich merke, dass ich dabei bin, mich zu verändern. Weil sich die Leute mir gegenüber anders verhalten. Latifa ist ständig sauer auf mich, die dicke Kuh teilt mir immer mehr Arbeit zu, Abdelatif hält mir die Tür auf, und Sidi Mohamed vögelt mich von vorn.

Ich habe von meinen Herrinnen gelernt, ich habe aufmerksam die Zeitschriften durchgeblättert, ich habe die anderen Nutten beobachtet und bin die beste geworden. Ich weiß jetzt, dass ich hübsch bin. Sogar schön. Sehr schön. Ich glaube, das ist das angenehmste Gefühl, das ich bis jetzt kennengelernt habe. Sogar in meiner Dienstmädchenuniform komme ich gut an. Ich epiliere mich mit Zucker und lasse sehr wenig übrig. Ich wasche mich jeden Tag, ich parfümiere mich, ich unterstreiche meine grünen Augen mit Khol und streiche Honig auf meine vollen Lippen. Moufhida vom Radio hat gesagt, dass Honig für die Lippen sehr feuchtigkeitsspendend ist.

Eines Abends, als ich glaube, das Haus sei leer, und mich zum Ausgehen fertigmache, ertönt in meinem Zimmer die Klingel. Ich renne in den Salon und erkenne Sidi Mohameds Glocke. Ich klopfe an die Tür seines Zimmers. Er liegt ausgestreckt auf dem Bett, in Jeans, mit nacktem Oberkörper. Er verlangt ein Zitronenwasser. Ich bringe ihm sein Zitronenwasser. Er verlangt Datteln. Ich bringe ihm Datteln. Er verlangt *Gazellenhörner*. Er verlangt, dass ich die Tür zumache. Ich mache die Tür zu. Er verlangt, dass ich mich neben ihn lege. Ich mache Anstalten, ihm einen zu blasen. Er sagt »Nein!« Er zieht mich aus und streichelt mich.

Was passiert mir da? Oh, mein Gott, was passiert da? Sidi Mohamed macht... Oh, verdammt, ist das gut! Das... das... das gefällt mir... Oh, mein Gott, was ist nur mit ihm los?

Er ist ein Vollidiot, normalerweise ... Oh, ist das gut! Mit seinem Finger zwirbelt er das kleine Kügelchen in meiner Spalte, und das erzeugt bei mir ein Kribbeln im gesamten Körper. Ich beiße mir vor Lust auf die Lippen, ich kann es gar nicht fassen. Ich glaube, er macht richtig Liebe mit mir. Danke, Sidi Mohamed. Danke.

Ich schreie und kann gar nicht aufhören damit. Ich erwarte, dass er mit mir schimpft, aber er lächelt. Ich schiebe sein Geschlecht in meins. Ich mache meine Beine so breit es geht, um ihm zu zeigen, dass er willkommen ist und dass er es von nun an immer sein wird. Wir machen Liebe. Jbara macht Liebe, und das fühlt sich gut an. Jetzt kann ich sterben.

Nichts wird mehr so sein wie vorher.

Ich will nicht mehr als Dienstmädchen arbeiten. Ich will Geld verdienen und einen Mann finden, der so etwas öfter mit mir macht. Auf jeden Fall damit anfangen, Geld zu verdienen, damit ich mir den Mann aussuchen kann, den ich will.

Am nächsten Tag habe ich meine Sachen gepackt und bin gegangen, und ich habe Sidi Mohamed nie wieder gesehen. Ich verzeihe ihm alles. Aber auch alles. Absolut alles. Nur daran werde ich mich erinnern.

Also, im Großen und Ganzen mache ich so weiter und gehe jeden Abend anschaffen. Ich bewohne ein kleines Zimmer in einem heruntergekommenen Haus im Stadtzentrum. Es ist verboten, aber inzwischen ist mir das egal. Ich kann ganz gut davon leben. Eigentlich immer besser. Man betrachtet mich mit Wohlgefallen, und das tut gut. Im Monte Casino bin ich ein Star. Ich tanze wie eine Göttin oben auf meinem Podium, ich kann mir meine Beute aussuchen.

Und dann, eines Abends, gehen plötzlich die Türen auf und alles steht still. Sechs Männer halten Einzug in die Disco, umringt von drei Leibwächtern. Ohne lange zu fackeln, verscheucht der Besitzer die Staubsaugervertreter von einem der Tische. Es sind Scheichs vom Golf, das sieht man, sie haben dicke Bäuche, *krouchs lharam*. Bestimmt essen sie jeden Tag Fleisch, ganz sicher. Alle Mädchen stürzen sich auf sie.

Alle außer mir. Ich tue nicht gerne, was alle tun, und das zahlt sich aus. Ich schwinge die Hüften auf meiner Bühne, ohne sie eines Blickes zu würdigen. Es ist an ihnen, das zu tun. Und sie tun es. Sie bestellen Tee und Wasserpfeifen. Alkohol ist im Islam verboten, und weil sie gute Muslime sind, die Scheichs, trinken sie nicht. Dafür rammeln sie wie die Ziegenböcke! Sie starren mich an, und einer von ihnen gibt mir ein Zeichen näherzukommen. Ich steige über meine Kolleginnen hinweg, die nicht eingeladen worden sind, und setze mich neben ihn.

– Wie heißt du?

– Scheherazade ...

Ich heiße Scheherazade. Jbara, das war einmal, das ist ein Hirtenname, schwer und hässlich, bei so einem Namen hat keiner Lust, mir nette Sachen zu sagen oder mich zu tätscheln. Als Scheherazade dagegen komme ich mir vor wie eine Sultanin, umringt von Eunuchen, die mir mit großen Blättern Wind zufächeln ... Palmblätter, glaube ich. Da ich keine Ausweispapiere habe, kann ich den Namen wechseln, wie es mir passt.

Dreimal pro Woche werde ich an meiner Straßenecke von einem dicken schwarzen Mercedes abgeholt und zum Scheich gefahren. Er bezahlt mich gut. Ich bin seine Favoritin. Wir treffen uns in seinem Tausend-und-eine-Nacht-Zimmer. Er zieht sich ohne die geringsten Komplexe aus, er ist klein, fett, mit zu langen Zehennägeln. Er legt sich aufs Bett, sein Pimmel bewegt sich ein bisschen, aber er kriegt ihn noch nicht hoch. Er hat eine Flasche Whisky in der Hand. Er lacht dreckig. Ich weiß nicht, warum er lacht, aber um die Stimmung nicht zu zerstören, lache ich mit.

Er macht die Schublade seines Nachttischs auf und holt ein Bündel Geldscheine heraus, lauter Hundert-Dinar-Scheine. Ganz neu. Ich habe mich ebenfalls ausgezogen, und mit einer Handbewegung befiehlt er mir, auch den String abzustreifen. Dann bricht er in Lachen aus und wirft die Hundert-Dinar-Scheine auf den Boden. Ich schaue ihm dabei zu. Er sagt zu mir:

– Jeder Schein, den du aufhebst, gehört dir. Aber du musst sie mit den Arschbacken aufheben, hahahahahahaha!!

Da ich meine Würde schon ziemlich lange mit Füßen trete, macht mir das nun auch nichts mehr aus. Ich werde allerdings ziemlich lächerlich aussehen, wenn ich meinen Hintern in alle Richtungen bewege. Das ist so, als wolle man mit langen Fingernägeln eine Münze von einem Tisch nehmen. Außerdem sind die Banknoten neu und deshalb ganz glatt. Ich werde meinen Hintern verdammt zusammenkneifen müssen. Wenn ich mir dabei zusehe, ist das der Tod, deshalb sehe ich mir nicht zu und lege los.

Am Anfang muss ich mich ziemlich abrackern, und er krümmt sich vor Lachen. Er lacht wirklich aus vollem Hals, dieser Hurensohn. Ich mache weiter, einer der Scheine kitzelt mich am Hintern, ich bewege ihn von links nach rechts und, hopp, kneife ich die Arschbacken zusammen. Man könnte meinen, ich sei auf einer türkischen Toilette, mit dem Unterschied, dass ich nicht drücke, sondern sauge.

1300 Dinar, und mein Hintern ist wie Beton. Er hat mich nicht einmal bestiegen, er ist eingeschlafen. Bei 1300 Dinar bin ich gegangen. Das Glück. Aber ich vergesse alles, sonst sterbe ich. Heute Abend werde ich nicht beten. Ich kann nicht mit Dir sprechen, ich schäme mich zu sehr.

Es läuft gut bei mir. Ich bin nicht mehr ganz allein, inzwischen gibt mir der Scheich Rückendeckung. Okay, ich bin seine Nutte, aber er ist nett. Er bezahlt mich gut. Manchmal diskutieren wir sogar ein bisschen. Einmal pro Monat schickt er mich zum Sex-Arzt. Er ist süß, er sorgt sich um meine Gesundheit. Er sagt mir, dass ich keine Nutte wie alle anderen bin, dass ich ihm etwas bedeute. In gewisser Weise bin ich seine Frau, wenn er hier auf der Durchreise ist. Er sagt mir auch, dass ich schön bin. Schöner als Haifa Wehbe. Er sagt sogar: »Scheherazade, deine Schönheit ist der greifbare Beweis für die Existenz Gottes.«

Ich sage mir, es könnte schlechter laufen, er könnte mich bespringen und nicht weiter in sein Leben einbeziehen. Wenn er Sachen machen will, die ich nicht mag, lächelt er und gibt mir zu verstehen, dass ich eine Belohnung bekommen werde. Also mache ich sie. Einmal hat er mir aus Mekka einen heiligen Koran mitgebracht, worum ich ihn gebeten hatte, den habe ich meiner Mutter geschickt. Sie war so glücklich.

Ich bin jetzt Stammkundin bei der Kosmetikerin, sie macht mir regelmäßig eine fast komplette Epilation des Intimbereichs, ich kleide mich in den Boutiquen ein, die nach vorn zur Straße liegen, und einmal hat mir der Scheich sogar ein Schmuckstück von Dior geschenkt, derselben Marke wie mein Koffer. Wahnsinn, wie die Leute für diesen Dior schwärmen.

Ich bin jetzt eine Geschäftsfrau, und mein Körper ist mein Büro. Ich bete immer weniger. Nicht nur aus Scham, vor allem aus Zeitmangel. Ich bin erstklassig geworden. Ich werde verlangt, ich werde gefeiert. Manchmal leiht mich der Scheich an seine hochkarätigen Freunde aus. Alle lachen gern, lachen über mich, wenn ich meine Arschbacken zusammenkneife. Ich verdiene mir einen Goldarsch. Ich lache auch gern.

Für 3000 Dinar kann man auf mich draufpinkeln. Es passiert nicht oft, aber wenn der Scheich total high ist, pinkelt er gern auf mich drauf. Und hat seinen Spaß dabei.

Ich bete jetzt gar nicht mehr. Ich habe beschlossen, nicht mehr an zu Gott glauben. Das ist einfacher. Früher wusste ich ungefähr, was ich Ihm zu sagen hatte, ich hielt mich an den roten Faden der Geschichte vom hilflosen jungen Mädchen, das zur Nutte wird, um zu überleben. Inzwischen bin ich aber Nutte, weil ich mehr haben will. Ich esse, wenn ich Hunger habe, aber ich will jeden Tag Fleisch und Raïbi in Kristallgläsern.

Deshalb ziehe ich es vor, nicht mehr mit Ihm zu reden. Er hat mir zwar nie widersprochen, man sollte es aber nicht zu weit treiben... Ich weiß, dass ich im Unrecht bin. Niemand ist dazu gezwungen, auf sich draufpinkeln zu lassen. Man hat immer die Wahl, auf sich draufpinkeln zu lassen oder nicht.

Irgendwann habe ich mir am Unterbauch eine Gürtelrose eingefangen. Das tat vielleicht weh, oh, mein Gott! Und die Behandlung hat fast 3500 Dinar gekostet. Ich habe den Scheich um Geld gebeten, um mich kurieren zu lassen, aber an dem Tag hatte er Drogen genommen. Und war genervt. Schlechter Laune. Total high eben. Er hat »Ja« gesagt, aber er wollte eine Gegenleistung. Etwas, an das ich nie im Leben gedacht hätte. Zu verrückt für mein kleines rundes Hirn. Er hatte sich gesagt »Warum nicht auch mal mit Kacke?« Und er hat es gemacht. Ich will nicht darüber reden.

Jetzt wissen Sie alles.

Ich schicke meiner Familie ständig Geld. Es sieht ganz so aus, als sei ich in Tafafilt von *haram* zur Heiligen aufgestiegen. Mein Vater verlangt nach mir. Mit dem Geld hat er sich einen Fernseher und eine Satellitenschüssel gekauft. Ich habe sie letzte Woche besucht, zum ersten Mal seit er mich rausgeworfen hat wegen meines Fehltritts. Oder meiner Schwangerschaft. Ich weiß nicht mehr, aus welchem Grund genau.

Ich habe ein großes Taxi genommen, ich habe meine Haare zu einem Pferdeschwanz zusammengebunden, eine marineblaue *djellaba* übergezogen und bin nach Hause gefahren. Ich werde mich nicht darüber auslassen, was das in mir ausgelöst hat: eine Mischung aus Ekel und Melancholie. Ich glaube, am meisten haben mir meine Schafe gefehlt. Und die Stille auch. Mitten in der Wüste sehe ich nun eine Satellitenschüssel über unserem Zelt ... ihrem Zelt, meine ich, es ist nicht mehr meins, *ich* stinke nicht mehr. Das ist erbärmlich. Ein Stromaggregat, um ägyptisches Fernsehen zu sehen und die Eskapaden von *Raimonda*. Meine Brüder und Schwestern kleben am Bildschirm, die Nasen voller Rotz und die Zähne voller Zahnstein. Das hat nichts mehr mit mir zu tun, das steht schon mal fest.

Mein Vater hat für sich ein Rückenleiden erfunden, das ihn ans Bett fesselt.

– Oh, mein Rücken, mein Gott, mein Rücken, wie der mich quält, ich habe Schmerzen, meine Tochter, ich habe Schmerzen, es ist unerträglich, manchmal könnte ich schreien, so stark ist der Schmerz. Wenn du wüsstest, meine Tochter ...

Genau das hat mein Vater zu mir gesagt, als er mich gesehen hat. Er hat sich beklagt, aber er hat »meine Tochter« zu mir gesagt. Ich habe Mitleid mit ihm. Ich finde ihn verachtenswert. Er ist mein Vater. Anis oder Anissa hätte diesen Großvater gehasst. Das Allerschlimmste war das leichte Zögern in seiner Handbewegung, als ich ihm den Batzen Geld hingehalten habe. Er sagt, ich bin eine Heilige, seine Lieblingstochter, sein Schatz, ihrer aller Wohltäterin. Fast hätte ich Lust, ihm zu sagen, dass ich mich vollscheißen lassen musste, nur damit er sich seine Satellitenschüssel kaufen konnte. Fast.

Ich hasse ihn. Allah, ist das schlimm? Ist das eine Schande? Ist das schlecht? Was ist das schlimmste Übel, Allah, Nutte zu sein oder seinen Vater zu hassen? Sag bitte nicht, alles beides, das halte ich heute nicht aus. *Ich* glaube, dass keins von beiden von Grund auf schlimm ist, natürlich auch nicht gut, es ist eben so, das ist alles. Ich bin Nutte, weil es nun mal so ist, und ich liebe meinen Vater nicht, weil das nun mal auch so ist.

Allah, ich habe noch eine Frage: Wer wird für mein Baby büßen? Ich oder mein Vater? Schnell, ich vergesse es.

Als er damit fertig ist, mir Honig ums Maul zu schmieren, und das Geld in seiner stinkenden Socke verstaut hat, tut er so, als interessiere er sich für mein Leben und als glaube er, was ich erzähle. Meine Mutter sagt bei jedem meiner Worte Gebete auf und streichelt mir über den Kopf, wobei sie Segnungen ausspricht. Sie glaubt daran. Sie jedenfalls glaubt alles.

Nachdem ich ihnen von meinem idealen Leben erzählt habe, zieht mein Vater ein kleines Geschenk aus der Tasche. Eine vergoldete Dose. Er reicht sie mir. Ich mache sie auf. Es ist ein Haar darin. Ja, ein Kopfhaar oder ein Barthaar, ich weiß es nicht. Es sieht seltsam aus. Ich betrachte es. Alle schauen hin und warten darauf zu erfahren, was es ist. Er macht es spannend, dieser Depp. Und sagt zu mir:

– Das ist für dich, meine Tochter. Ich habe es beim *fkih* gekauft. Es ist ein geweihtes Haar. Es ist das Haar des Propheten, Friede seiner Seele. Das ist für dich, meine Tochter.

Meine Mutter nimmt ihre Gebete wieder auf, mit noch mehr Inbrunst. Nicht eine Sekunde lang fragt sie sich, wie das Haar des Propheten, Friede seiner Seele, in Tafafilt gelandet sein kann, am Arsch der Welt. Wenn ich hiergeblieben wäre, hätte ich dann auch daran geglaubt? Wahrscheinlich. Das entsetzt mich. Ich bin zwar jetzt Nutte, aber immerhin stelle ich mir Fragen.

Ich frage meinen Vater, wieviel ihn das gekostet hat, ein so heiliges Geschenk, er antwortet mir »400 Dinar«. Ich habe eine Wahnsinnslust, ihn zu schlagen, mitten ins Gesicht, genau dahin. 400 Dinar, das kriege ich für einen halben Blowjob, ungefähr.

Ich sehe ihn an. Er erwartet ein Lächeln, auch das noch. Ich habe eine Horrorvision vor mir, mein Vater, der mir eine Freude machen will, meine Mutter, die es nicht fassen kann, dass sie das Haar des Propheten, Friede seiner Seele, zum Greifen nahe vor sich hat, und meine Geschwister, die herumquengeln, damit sie es auch einmal anfassen dürfen.

Bin ich die einzige, die sieht, dass das bestenfalls ein Arschhaar des *fkih* ist, VERDAMMT NOCHMAL?!

Da ich aber nur für ein paar Stunden dort bin, ziehe ich vor, es zu nehmen, ein Lächeln zu heucheln und »Danke« zu sagen. Das ist hart. Aber wozu soll es gut sein, ihm klarzumachen, dass er ein Trottel ist? Dass er mein Baby in meinem Bauch geschlagen und dafür nie um Verzeihung gebeten hat. Dass er mich rausgeschmissen hat wie eine Hündin und dass die Hunde mich hereingelegt haben.

Ja, es ist seine Schuld. Nicht meine.

Warum muss ich ausgerechnet von hier kommen? Warum bin ich nicht Lalla Nawja? Warum ist mein Vater mein Vater? Warum? Warum nur?

Wenn Du mir keine Antworten geben kannst, dann hast Du mir auch keine Befehle mehr zu erteilen! Ich bin zornig. Am liebsten möchte ich sterben.

Ich habe es satt, über sie zu sprechen. Das Elend ist hässlich, es ist schmierig, es ist schmutzig, es ist gefährlich und abartig, mein Vater ist erbärmlich, er ist all das. Er ist nichtswürdig, igitt, er widert mich an. Er macht mir ein Geschenk, damit ich noch besser als Nutte arbeiten kann, er segnet mich, damit ich mich noch mehr vögeln lasse, er fleht mich an, aber er bittet nicht um Verzeihung. Ich hasse ihn von ganzem Herzen, und ich hasse mich dafür, von ihm abzustammen.

Er ist eine Ratte. Ich liebe ihn nicht. Ich will nicht mehr über ihn sprechen.

Und ich will auch nicht mehr über meine Mutter sprechen, die immer leise weint und so tut, als sei es wegen der Zwiebeln. Denn sie kocht in einer Tour. Sie tut nichts anderes. Und das macht sie schlecht. Inzwischen weiß ich, das, was sie macht, ist nicht gut. Mein Geschmack hat sich verfeinert, mein Gaumen hat sich an die guten Dinge gewöhnt. Ich trinke immer noch Raïbi Jamila aus dem kleinen Loch unten. Aber nicht vor dem Scheich.

Entschuldigung, Allah, dass ich Dich eben angepöbelt habe. Ich will nicht sein wie diese Leute, die Dir die Schuld für alles und jedes geben. Die Menschen hören nicht auf, das zu tun. Statt sich zu bewegen, warten sie darauf, dass Du dich bewegst. Irgendwann, als ich klein war, kam ein Arzt mit seinem Team aus der großen Stadt nach Tafafilt. Für meine kleine Schwester, die schielte, schlugen sie eine Augenuntersuchung und eine Korrektionsbrille vor. Das hätte im Ganzen vielleicht 100 Dinar gekostet. Nun gut, mein Vater hat es vorgezogen, sie zum *fkih* zu bringen. Gemeinsam haben sie dafür gebetet, dass sie wieder ein normales Sehvermögen erlangt. *Inch'Allah* sagte er, der *fkih*...

Aber er will, Allah, zum Kuckuck! Er will!

Ich weiß, dass das ein großartiges Wort ist, *Inch'Allah*. Es ist wie ein kleiner zusätzlicher Hoffnungsschimmer, der macht, dass alles möglich wird, wie ein kleiner Tritt in den Hintern, der mich aufweckt, wenn ich die Hoffnung verliere, als ob Allah zu mir sagen wollte: »Ich habe Meine Entscheidung noch nicht getroffen, also steh auf und du wirst sehen.« Ich weiß, dass die endgültige Entscheidung Dir zusteht, Allah, aber ich muss den Berg bis ganz oben besteigen, auch wenn mir die Wolken die Sicht auf den Gipfel verstellen. Die Nichtstuer, die nehmen *Inch'Allah* wörtlich, weil ihnen die Vorstellung sehr entgegenkommt, dass Du es bist, der entscheidet. Dann war es, wenn es schiefgeht, eben Allah, der nicht wollte, dass es passiert. Dann war es eben Allahs Wille. Klar, dass nichts passiert, wenn der Arsch an die Matratze geschraubt ist, Vater. *Inch'Allah* wirst du dich eines Tages erheben, Vater!

Inzwischen hat meine Schwester ein Auge verloren. Sie wird wahrscheinlich auch das zweite verlieren. Für mich ist das das Übel, Allah, sogar doppeltes Übel. Die Brille und die Medikamente waren in greifbarer Nähe, sie aber haben es vorgezogen, Dich zu bitten, sie zu verarzten, Dich! Sie zu heilen. Ich hasse sie dafür. Die Leute, die Dich zur Geisel nehmen, indem sie mit ihrer ganzen Kraft schreien, dass Du der Größte bist und dass sie Dich über alles lieben.

Ich habe Lust, ihnen zu sagen: »Hört auf, um die Kaaba herumzulaufen, lauft lieber um die Welt herum. Lauft um die Anderen herum, lauft um euch selbst herum!«

Entschuldigung, Allah, es ist wichtig, um die Kaaba herumzulaufen, aber Du bist doch auch der Meinung, dass es weniger wichtig ist als eine Menge anderer Dinge ... Ich will jetzt nicht vergleichen, was sich nicht vergleichen lässt, aber wenn man ein Problem mit den Augen hat oder wenn man Krebs hat, bevor man da zur Kaaba geht oder zum *fkih*, muss man doch zum Arzt. Und das gilt für viele andere Dinge genauso. Alle Dinge des Lebens, übrigens.

Ich hasse Schuldzuweisungen und erst recht solche, die man Dir unter dem Deckmantel, Du der Glorreiche, Du der Barmherzige, Du der Große unterschiebt. Niemals würde ich Dir die Schuld aufhalsen, Allah. Niemals. Ich liebe Dich, und nicht etwa, weil ich Dich fürchte. Weil ich Dich liebe, Punkt, das ist alles. Sonst ist es keine Liebe, sondern ein Vertrag. Ich liebe Dich. Ich weiß nicht, ob ich Dich fürchte. Ich weiß nicht, ob das wirklich wichtig ist, im Grunde. Die Liebe ist wichtiger. Du hast mich nie im Stich gelassen. Oder höchstens ein bisschen. Aber nur, damit ich meinen Weg ganz allein finde. Ich werde ihn suchen wie eine Große.

Danke, Allah. Ich bin erschöpft, verzeih, es ist verworren.

Ich bleibe nicht stehen. Ich behaupte nicht, dass ich mir den besten Weg ausgesucht habe, um nicht stehenzubleiben, aber ich bin glücklich zu sehen, dass ich nie an das Haar des Propheten in einer vergoldeten Dose glauben würde. Das ist kein ungeheurer Schritt, aber wenigstens ist es einer. Es ist mein Schritt.

Ich bin wieder zurück in Masmara. Ich mache mich fertig. Ich wühle in meinem Dior-Koffer. Ich stolpere über mein Spiegelbild, wie schön ich heute Abend bin! Ich hatte allerdings auch ein hübsches kleines Gesichtchen als Grundlage. Danke, Allah, für das hübsche kleine Gesichtchen, von dem ich nichts wusste, als ich arm war.

Die Männer sehen mich an. Sie sehen mir in die Augen, aber nicht nur. Wenn ich den Oberkörper zurückbiege, wird ihnen der Mund wässerig, wenn ich ihnen ein Zeichen gebe, schlucken sie, und wenn ich zustimmend nicke, gehen wir. Ich reibe mich an der Stange, und sie stellen sich vor, es sei ihr Geschlecht. Also liebkose ich die Stange von unten bis oben, und sie begehren mich von oben bis unten. Ich mag das. Wenn ich zu Hause bin, kann ich nicht umhin, mich in meinem rostigen Spiegel zu betrachten, und mir gefällt, was mir da entgegenblickt. Ich kann es nicht mehr verleugnen, dass ich schön bin, ich habe Lust, all diese versäumten Jahre, in denen ich nicht zur Kenntnis genommen wurde, nachzuholen. Ich sehe wirklich umwerfend aus heute Abend. Ich mag das. Das ist fast so gut wie der Raïbi Jamila. Fast. Weil es auf der Welt nichts Besseres gibt. Außer dem, was Sidi Mohamed mit mir gemacht hat. Nein, eher auf dem gleichen Level.

Es klopft an die Tür. Das ist seltsam. Ich frage, wer da ist. Ein Mann antwortet:

– Abdelatif.

Ich mache auf. Ich bin erstaunt. Er ist es wirklich. Aber warum? Ich mag ihn gern, Abdelatif, aber er gehört zu meinem alten Leben. Zu meinem Leben als Dienstmädchen. Als Jbara. Was kann er nur von mir wollen in meinem Leben als Scheherazade?

Er hat einen Anzug an. Er ist frisch rasiert. Er fühlt sich unbehaglich. Er sieht mich an, auch er findet mich schön, das sieht man. Er hat mich immer schön gefunden. Selbst als ich Dienstmädchen war, sah er unter meinem Tuch, dass ich ein schönes Gesicht hatte und schöne Augen, und seine tagtägliche Aufmerksamkeit hat mir sehr viel Selbstvertrauen gegeben. Deshalb mag ich ihn sehr gern, Abdelatif, er ist ein guter Typ, der immer nett zu mir war. Er war der erste, und das werde ich ihm nie vergessen. Nur dass ich jetzt gerade am Ausgehen bin, weil beim Scheich heute eine große Party steigt.

– Guten Abend, Abdelatif.

– Guten Abend, Jbara, wie schön du bist!

Ich muss lachen und frage ihn:

– Was ist los ... also, danke ... aber was machst du hier?

Er hat eine Tüte in der Hand, er holt etwas heraus und hält es mir hin. Ich wickle das Zeitungspapier ab und er fängt an:

– Ich wollte nicht herkommen, bevor ich es nicht abgezahlt habe. Ich liebe dich und ich will dich heiraten, Jbara. Es ist mir egal, was du machst oder was du gemacht hast. Ich will dich heiraten, und *Inch'Allah* werden wir nach und nach eine Familie gründen.

Während er mit mir spricht, packe ich einen prächtigen goldenen Gürtel aus, das entspricht eurem Verlobungsring. Sehr symbolträchtig, der goldene Gürtel. Der heißt *m'damma*.

– Abdelatif, ich bin eine Nutte. Du verdienst etwas Besseres als mich. Du bist ein anständiger Mensch, und ich bin eine Nutte, das weißt du.

– Für mich bist das nur du, und du bist keine Nutte. Es warst immer nur du, und ich will dich glücklich machen. Außerdem verzeiht Gott denen, die bereuen.

Ich wohne gerade einer unglaublichen Szene meines Lebens bei. Ein Mann sieht mir in die Augen und bittet mich, seine Frau zu werden. Seine Frau. Wer hätte das gedacht? Wenn Miloud mich sehen könnte, er würde seinen Augen nicht trauen. Ich habe es weit gebracht, mein Gott! Man hat gerade »ich liebe dich« zu mir gesagt. Mit Liebe und allem Drum und Dran ... Und einem goldenen Gürtel ...

Aber es ist Abdelatif, der Gärtner, und ich bin die Favoritin eines Scheichs. Ich kann nicht wieder dahin zurück. Ich kann nicht. Ich vergesse keineswegs, dass ich ein Dienstmädchen war, aber ich will mich lieber nicht daran erinnern. Und Abdelatif erinnert mich zu sehr daran. Ich bin auch nicht verliebt in ihn. Ich weiß noch nicht mal, was das ist, verliebt. Ich kann es nicht sagen, im Grunde genommen. Aber ich glaube nicht.

– Abdelatif, nun hör mal zu, im Augenblick habe ich nicht die geringste Absicht irgendetwas zu bereuen ... Und was

Gott betrifft, bei dem werde ich mich entschuldigen, wenn der richtige Zeitpunkt gekommen ist.

Ich halte ihm den goldenen Gürtel hin. Er nimmt ihn und fügt nichts weiter hinzu. Sein Anzug ist zu groß. Die Schultern sind zu breit, und die Schulterpolster hängen herunter. Der Stoff glänzt, er ist von schlechter Qualität. Einen Augenblick lang sage ich mir, dass ich etwas Besseres verdiene. Das ist schrecklich, ich weiß, aber es kommt mir einfach in den Sinn.

Ich glaube, es ist das erste Mal in meinem Leben, dass ich etwas von Grund auf Böses tue. Es ist ein sehr böser Gedanke, aber es ist meiner. Ich finde, so etwas zu denken ist schlimmer als Nutte zu sein. Ich hoffe, er hat meinen Gedanken nicht erraten.

Er dreht sich um und geht. Ich bin sehr klar gewesen. Er erhofft sich nichts mehr, das sieht man.

– Auf Wiedersehen, Jbara.

Ich habe Lust zu schreien »Scheherazade«! Aber er weiß es nicht, der Arme, dass ich das nicht mehr bin, Jbara.

– Auf Wiedersehen, Abdelatif.

Und ich schminke mich fertig, ziehe meinen Minirock an, meine Korsage und meinen berühmten Perlenstring. Der mir inzwischen nicht mehr wehtut, weil ich keine Schamhaare mehr habe. Die Perlen drehen sich zwischen meinen Beinen, und das bringt mich sehr schnell in Stimmung. Es ist der Lieblingsstring des Scheichs, ich werde ihm sein Fest bereiten heute Abend. Und ihm ein Maximum abknöpfen. Schließlich muss ich an meine Zukunft denken. Sie ist schnell da, die Zukunft, und ich muss vorsorgen. Zusätzlich etwas auf die hohe Kante legen. Ich muss unbedingt daran denken.

Der Mercedes hupt, ich renne die Treppe hinunter und breche auf in den Abend.

Denken werde ich später. Wenn ich nach Hause komme von meiner Party.

My dream is to fly over the rainbow so high! My dream is to fly over the rainbow so high!

Leise singe ich auf Englisch mit. Wer hätte das gedacht? Nicht einmal ich selbst.

Heute Abend lassen wir es krachen, das spüre ich.

Das Portal aus Gold. Die Rolls Royces aus Gold. Die Villa aus Gold. Und die Schwänze da drin aus Gold. Heute Abend werde ich ein bisschen reicher, ich kriege einen Bonus, so sieht es jedenfalls aus. Aber ich muss aufs Ganze gehen. Sie haben Freunde eingeladen.

Die Party ist in vollem Gange. Nichts wirklich Neues. Überall wird getanzt, auf den Tischen, am Rand des Swimmingpools, wird geblasen, das Buffet ist unglaublich, das Orchester außer Rand und Band, die Mädchen ebenfalls. Die Scheichs kommen auf ihre Kosten.

Und dann kippt alles.

Polizisten fallen in die Villa ein, aus jedem Loch kommen sie gekrochen. Wir schießen in alle Richtungen auseinander, wir schreien, wir verstecken uns, aber wir sitzen in der Falle. Alle Ausgänge sind verriegelt. Die Scheichs dagegen bleiben sehr gelassen. Geld wirkt beruhigend. Mein Scheich nimmt den Chef der Gendarmerie beiseite. Sie schütteln einander die Hand. Uff, ich atme auf, wir werden also hier rauskommen. Habe ich geschwitzt! Ich wusste doch, mein Scheich würde mich nicht im Stich lassen, man lässt seine Frau nicht im Stich, selbst wenn es nur die Frau für die Durchreise ist. Das hat er selbst gesagt. Und das schuldet er mir auch, ich habe ihn schließlich alles mit mir machen lassen.

7 Uhr morgens, das Flugzeug mit den Scheichs hebt ab. Ohne uns. Wir, die Nutten, gehen ins Gefängnis. Ich friere.

– Du, Jbara Aït Goumbra, wirst wegen illegaler Prostitution zu drei Jahren Gefängnis verurteilt.

Ich bin eine Strafgefangene. In Taria. Ich bin eine Rechtlose. Das wusste ich zwar schon, aber jetzt ist es amtlich. Wir sind fünfundzwanzig in der Zelle. Es gibt von allem etwas, Verrückte, Bettlerinnen, Junkies und drei oder vier Nette. Ich setze mich in die Ecke zu den Sympathischen und wir erzählen uns Sachen. Wenn man in der Scheiße sitzt, schließt man schnell Freundschaft.

Wir sind alle aus demselben Grund da, aber wir lassen unser Leben ein bisschen außen vor, man sagt nicht alles. Auf jeden Fall nicht, dass man eine ehemalige Hure ist. Eine behauptet sogar von sich, sie sei Jungfrau. Unmöglich. In der ganzen Zelle gibt es keine einzige Jungfrau, das ist sicher. Und selbst wenn eine dabei wäre, dann hätte sie sich jedenfalls vom Leben in den Arsch ficken lassen, und das ist dann doch schon wieder so als ob ...

Meine Freundin Latifa konnte einen oder zwei Koranverse, und wenn es nicht so gut lief für sie in den Zeiten des Monte Casino, dann tat sie so, als sei sie fromm. Sie wiederholte die ganze Zeit:

– Bete für den, der ungerecht zu dir war, denn er hat dir Gutes getan. Du kannst es zwar noch nicht wissen, aber er hat dir Gutes getan und er hat sich selbst Schlechtes getan.

Na gut, Allah, dann werde ich also mit allen Kräften für den Scheich beten, aus tiefstem Herzen, ich werde sogar weit über meine Kräfte darum beten, Tag und Nacht, aus ganzer Seele, dass dieser Hurensohn an einer langen schmerzhaften Krankheit stirbt, dass er sein Arschloch nicht mehr unter Kontrolle hat, dass er Tausende von eingewachsenen Haaren unter der Hautoberfläche bekommt, dass er eitrige Ekzeme an seinem Schwanz kriegt und Aids im Herzen. Ich werde für ihn beten, dass ihm Schlechtes widerfährt, so wie mir Schlechtes widerfährt, dass ihm, selbst wenn mir weniger Schlechtes widerfahren würde, Super-Schlechtes widerfährt. Wie kannst Du von uns verlangen, Allah, dass wir so weise und rein sind? Wir Schwachen? Wie soll ich für einen beten, der auf mich draufgekackt hat, weil er wusste, dass ich auf sein Geld angewiesen bin, in welcher Weise hat mir diese Ungerechtigkeit Gutes getan? Da kann ich lange suchen, nein, davon behalte ich nichts zurück als den unauslöschlichen Gestank von Scheiße auf meiner Haut, der mir jedes Mal wieder in die Nase steigt, wenn es mir besser geht und der mich dazu nötigt, mich ständig mit meinem Lieblingsparfüm einzusprühen, sogar, wenn ich gerade aus dem Bad komme.

Nein, Allah, ich kann nicht für die beten, die mir Böses getan haben, deshalb werde ich es auch nicht tun, denn selbst wenn ich so tun würde, als ob, dann wüsstest Du es ja auch. Und ich habe noch nie so getan als ob, ich sehe keinen Sinn darin, denn Du siehst alles. Manchmal denke ich, ich möchte einen Unfall haben, aber ohne zu sterben.

Nur das Gedächtnis verlieren. Und alles vergessen, was zu belastend ist. Was mich nie in Ruhe lässt, was mich daran hindert, wirklich frei zu atmen, und was mich daran hindert zu lachen und dabei alle meine Zähne zu zeigen. Hier folge ich Dir nicht, Allah, es ist mir unmöglich, für sie zu beten. Außerdem würde dafür die Zeit niemals reichen, so zahlreich waren sie. Sie sollen sich zum Teufel scheren.

Eigentlich glaube ich, am meisten wehgetan hat mir, dass ich Dich, Allah, da mit reingezogen habe. Du hast alles mitangesehen, und wenn ich nur daran denke, wird mir schon übel. Ich schließe die Augen vor Scham. Mein Körper hat allerhand Prüfungen überstehen müssen, und ich bin bereit, weitere auf mich zu nehmen, aber diese hier ist unüberwindlich. Also ist es entschieden, ich werde niemals für Miloud, meinen Vater, Abdelkrim, Brouno, den Staubsaugervertreter, Scheich Mansour und die anderen beten. Ich werde einzig und allein für mich beten. Ach, noch nicht einmal das.

Es kotzt mich an, das Leben.

Inzwischen sind zwei Monate vergangen. Ich habe nicht mehr gebetet seither. Diesmal ist Allah sauer auf mich, diesmal. Nicht wegen dem Gefängnis. Weil ich es nicht geschafft habe, Ihn zu sehen, Ihn zu hören, geschweige denn, Ihm zu folgen. Ich habe zu sehr mich selbst gesehen und nicht erkannt, dass da ein Mann war, der mich lieben wollte. Nicht mehr und nicht weniger. So wie es sein soll. Mit Liebe und Gefühlen. Er hat nicht viel Zeit verstreichen lassen, um mir seine Meinung zu sagen, die Bestrafung folgte auf dem Fuße. Noch am selben Abend. Wenn das kein Beweis ist, dass es Ihn gibt ...

Verzeih mir, Allah.

Ich weiß, dass Du über mich verärgert bist, und ich bitte Dich um Verzeihung. Ich habe eine Wahl getroffen, und zwar die falsche. Ich bin im Gefängnis. Bis hierher alles logisch. Ich erinnere mich nicht mehr an seinen Blick, an Abdelatif, nur an seine zu großen Schulterpolster. Ich habe ihn nicht in Betracht gezogen an diesem Abend, weil er ein Armer war und ich einen Reichen wollte. Jetzt habe ich weder den Armen noch den Reichen. Ich bin noch nicht einmal sicher, ob ich mich selbst habe. Wenn das Nichts bei der Unendlichkeit anruft, ertönt das Besetztzeichen. Allah, antworte mir, ich flehe Dich an.

Sechs Monate sind vergangen. Ich bin abgemagert. Ich bin gealtert. Ich bin verbittert. Ich rede nicht mehr mit Allah. Er will nicht mehr. Vielleicht sollte ich ein bisschen nachhaken?

Wir haben eine Verrückte in der Zelle, sie heißt Zoubida und ist zänkisch. Sie ist so etwas von gemein, es ist fürchterlich. Ich versuche immer, ihren Blick zu meiden, denn sie ist imstande, einen auch für weniger als das eine reinzuhauen. Eines Abends steht sie vor dem kleinen Klospiegel und drückt sich die Pickel aus. Sie hat Millionen von eitrigen Pusteln auf der Visage, und die sind ziemlich reif. Danach wischt sie mit der Hand den Spiegel ab und fängt wieder von vorne an. Sie hört gar nicht auf damit.

– Weißt du, Zoubida, dass es ein sehr gutes Mittel gegen Pickel im Gesicht gibt, wenn du willst.

– Was?

– Du nimmst eine grüne Paprikaschote, schneidest sie in zwei Hälften und reibst vor dem Schlafengehen dein Gesicht damit ein.

Sie sieht mich an, als ob sie mir jeden Moment in die Fresse hauen will, und kehrt dann zu ihrem Gemetzel zurück.

– Woher weiß du das? fragt mich meine Freundin Bouchra.

– Von Moufhida Ben Abess aus dem Radio. Sie hat gesagt, dass es funktioniert.

– Ah!

Es ist 19 Uhr, wir kommen aus der Kantine, wir setzen uns jede in ihre Ecke und fangen an zu plaudern. Vor dem Schlafengehen. Wir erzählen uns, was wir machen wollen, wenn wir wieder draußen sind. In unseren verrücktesten Träumen natürlich. Denn wir wissen genau, was wir machen werden, wenn wir hier rauskommen, und dass wir wiederkommen werden. Ich will vor allem Ruhe haben. Und Schafe. Und keine Männer. Oder vielleicht doch, aber nicht sofort. Weil ...

– Aaahhahhahhaaaahhah! Du Miststück, ich bringe dich um!

Es ist Zoubida. Einige Mädchen halten sie fest. Es sieht ganz so aus, als sei sie sauer auf mich. Sie hat ein knallrotes Gesicht, tränende Augen und eine blutige Nase. Uuups, ich glaube, sie hat eine schlimme allergische Reaktion. Die Wärterinnen stürzen in die Zelle und halten sie zurück.

– Du Miststück, das ist deine Schuld.

– Aber Zoubida, du hättest damit nicht an die Augen kommen dürfen.

– Das hättest du mir vorher sagen müssen, du dreckige Nutte!

Zoubida hat sich beruhigt, aber sie hört nicht auf, mir aus der Entfernung zu drohen. Wegen der Wärterinnen halten wir uns zurück. Sie schlagen uns manchmal. Ich bleibe bei meinen Freundinnen, und heimlich glucksen wir.

– Verdammt, zum Glück hat sie sich nicht am Arsch gekratzt ...

Und da sind wir in lautes Gelächter ausgebrochen. Ich glaube, das war es, worüber sich Zoubida am allermeisten aufgeregt hat.

Am folgenden Tag habe ich Putzdienst. Ich schrubbe die Klos, meine Freundin Bouchra macht die Duschen sauber. Jemand klopft mir auf die Schulter, ich drehe mich um.

Was danach geschah, habe ich komplett vergessen. Ich liege in einem Bett in der Gefängnisklinik. Sie hat mich massakriert. Ich hätte mich nicht über sie lustig zu machen, hat sie gesagt. Zwei Zähne hat sie mir ausgeschlagen, diese Nutte. Scheherazade, das ist nun ein für alle Mal vorbei. Meinen Zustand nutze ich, um es mit einem Gebet zu versuchen. Ich sage mir, heute wird Allah es nicht übers Herz bringen, mir nicht zu antworten. Du hast mir gefehlt, Allah. Ich bin im Gefängnis, und wie Du sehen kannst, habe ich zwei Zähne verloren. Weiter nichts Besonderes, ich bin da, und morgen wird man weitersehen. Gute Nacht, Allah.

Mehr als zweieinhalb Jahre. Nichts Außergewöhnliches. Die Gefangenschaft, der Wahnsinn, die Scheiße ... Hier lernt man, dass man nichts mehr zu verlieren hat. Manche finden den Weg zum Glauben zurück, andere kommen endgültig vom Weg ab.

Tafafilt, das war gar nicht mal so schlecht. Aber das weiß ich erst jetzt.

Im Gefängnis habe ich mich wieder den Tieren zugewandt. Es gab dort immer Katzen im Hof. Mager wie Topmodels. Und misshandelt auch. In meinem Land werden Tiere nicht geliebt. Man sagt immer »Sssppp!« zu ihnen, und dazu verpasst man ihnen einen kräftigen Tritt in den Hintern. Früher habe ich das auch getan, nur ohne den Tritt in den Hintern. Im Hof des Gefängnisses habe ich den Katzen und ihren Babys Wasser gegeben und Essensreste, Brot, manchmal sogar Milch, und wenn es gar nichts gab, Streicheleinheiten. Außerdem war da ein Mädchen, das uns Geschichten über den Propheten erzählte, Friede seiner Seele, und über die Religion. Sie konnte lesen, schreiben und wusste sehr viele Dinge. Sie hat mir einmal eine wunderbare Geschichte erzählt. Von einer Prostituierten, zur Zeit des Propheten, Friede seiner Seele, die von der Arbeit kam und einem Hund begegnete, der auf der Straße dahinvegetierte. Mit ihrem Lohn hatte sie Wasser und Fleisch gekauft, um dem Hund etwas zu fressen zu geben, und danach ging es ihm besser ...

Moses oder Abraham, ich weiß es nicht mehr, jedenfalls einer von beiden, fragte dann Allah, was aus dieser Prostituierten werden würde, und Allah antwortete, dass ihr die Tore des Paradieses für alle Zeiten offenstünden, denn diese gute Tat sei der Beweis für ihr reines Herz.

Ich schwöre Ihnen, ich habe mich um die Katzen auch schon gekümmert, bevor ich diese Geschichte gehört hatte. Ich wusste nicht, ob sie wahr oder falsch war, aber sie gefiel mir und sie sagte mir etwas. Außerdem bestätigte sie mich. Es wird Ihnen ein bisschen schwachsinnig vorkommen, aber ich habe mich daran geklammert, wie sich ein Neugeborenes an die Brust seiner Mutter klammert. Und vor allem, Allah, wenn dies Deine Worte sind, sage ich mir, dass für mich doch noch nichts verloren ist und dass nur die Leute einfach zu dämlich sind. So dämlich zu denken, dass ich ausschließlich das Böse repräsentiere und dass es, um ins Paradies zu kommen, nicht zählt, wenn man einer durstigen Katze Milch gibt. Die Sache mit den Katzen habe ich übrigens rasch fallengelassen, das ist verlorene Liebesmühe in meinem Land. Ich habe mich dann nur noch um ein Kätzchen gekümmert. Ich habe es *l'mach* genannt, das heißt auf Arabisch Katze ...

Ich bin um mindestens zehn Jahre gealtert. Man würde mich für 33 halten. Ich bin aber erst 23. Ich heiße wieder Jbara. Haben Sie schon mal eine Scheherazade ohne Zähne gesehen? Ich auch nicht. Während es für eine Jbara fast schon ein Luxus ist, überhaupt Zähne zu haben.

Ich lächle, so verzweifelt bin ich. Ich lächle, so sehr weiß ich nicht, wohin ich gehen soll. Ich lächle, so sehr kann ich nicht einmal mehr weinen. Rechts oder links? Vor mir ist eine Mauer. Ich entscheide mich für rechts. Sie werden es nicht glauben, ich komme zu einem Bahnhof. Dem Busbahnhof. Ich schwöre, dass ich es nicht wusste. Das ist ein Zeichen.

Von wem? Vom Stadtrat, der den Busbahnhof von Taria rechts neben dem Gefängnis gebaut hat. Nichts weiter.

Ich muss aufhören, überall in meinem Leben Zeichen Allahs zu sehen. Sonst ruhe ich mich nämlich darauf aus und analysiere mein Leben nur noch, statt es zu leben. Auf jeden Fall wollte ich nicht mehr in Taria bleiben, das ist eine hässliche Stadt.

Meinen Koffer habe ich zurückbekommen und 200 Dinar. Seltsam. Das ist nicht viel. Vielleicht haben sie in meiner Bude nur das gefunden. In Wahrheit hatte ich mindestens hundert Mal so viel. Ich nehme den Bus nach Kablat. Ich weiß nicht, warum gerade Kablat, aber ich werde nirgends erwartet, und irgendwo muss ich ja hin. Nur, dass ich nicht genug Geld für die ganze Fahrt habe. Ich werde in Erchidia aussteigen müssen. Ich werde mir etwas einfallen lassen.

Es ist die 15-Minuten-Pause. Die Reisenden gehen ins Café, und ich muss hier aussteigen. In der Hölle. Es ist fürchterlich, dieses Dorf, es gibt nichts. Ich gehe zum Fahrer und frage, ob ich trotzdem bis Kablat mitfahren kann. Er sagt »nein«. Ich mache ihm ein Zeichen. Er fragt »wo?«, ich sage, »hinter den Mülltonnen da drüben«. Er ist erregt. Ich nicht. Wir treffen uns hinter den Mülltonnen da drüben. Ich bin vor ihm da. Ich habe meine *djellaba* schon hochgehoben und meine Unterhose heruntergezogen. Ich höre ihn schon aus zwanzig Metern Entfernung ankommen, so heftig atmet er. Er stößt in mich hinein, und ich reiße mir die Haut rund um die Nägel ab.

Während er mich reitet, gesellt sich ein Esel zu uns. Er stellt sich direkt vor mich hin und guckt zu, wie ich mich vögeln lasse. Damit hatte ich nicht gerechnet. Es ist das erste Mal, dass mich ein Esel ansieht. Ich habe zwar Sauereien gemacht und mir dabei zusehen lassen. Aber vor diesem Esel ist mir das peinlich. Er hat einen erbarmungswürdigen

Augenaufschlag, aber das ist nicht der richtige Moment. Ich sage ihm, dass er abhauen soll, aber er rührt sich nicht von der Stelle. Er starrt mich an. Der Typ nagelt mich weiter, ohne darauf zu achten. Was der kürzeste Fick meines Lebens sein sollte, wird der längste und der fürchterlichste. Es ist schrecklich, ein Esel, der dabei zusieht, wie man bestiegen wird. Probieren Sie es aus. Sie werden sehen, es ist kaum auszuhalten.

Am Busbahnhof von Kablat steige ich aus. Alle Busbahnhöfe des Landes gleichen einander, alle machen sie Lust, ganz schnell wieder wegzufahren. Ich habe Hunger. Allah, ich werde bei Dir essen gehen, in der Moschee. Es ist Freitag, es wird jede Menge zu essen geben. Und noch dazu Couscous.

Diesen Koffer kann ich nicht mehr gebrauchen. Ich habe jedenfalls kein Faible mehr für Dior. Ich lasse ihn auf dem Gehsteig stehen. Ich mag keine Abschiede, Hauptsache, es geht schnell. Na gut. Wie bei meinem Baby. Die Hunde werden ihn in Stücke reißen. Soll doch ein anderes Mädchen Dior anbeten. Außerdem soll man im Leben nur Allah anbeten, deshalb ist es sowieso *haram*, Dior anzubeten.

Ich betrete die Moschee. Eine Frau springt mich an, weil eine Haarsträhne aus meinem Tuch herausfällt. Sie sagt mir, dass das *haram* ist, und zieht mir das Tuch über die Stirn. Verdammt, wären wir draußen gewesen, hätte ich ihr eine runtergehauen. Wir sind aber bei Dir, und das hat man zu respektieren. Ich werde nicht direkt zum Essen gehen, sondern vorher immerhin meine Gebete sprechen.

Und ich werde die Gelegenheit nutzen, um meine rituellen Waschungen vorzunehmen, wie es sich gehört, und mich gründlich zu säubern. Ich bin ein bisschen aus der

Übung, aber ich werde es genauso machen wie die anderen. Ich werde mich niederwerfen und die Lippen bewegen.

Es ist geschafft, ich bin da, ich spreche mein Gebet inmitten dieser frommen Frauen, die nicht all das machen, was ich mache. Obwohl ich natürlich nichts weiß über sie, vielleicht ist doch eine Hure darunter, wie ich, die gerade ihr Gebet gesprochen hat, vielleicht sogar die Alte da hinten in der Ecke. Vielleicht waren sie allesamt irgendwann Nutten und kommen jetzt her, um Dich um Verzeihung zu bitten. Was ist dieses Tuch schon für eine Garantie? Gar keine. Warum soll ich die einzige sein?

Ich dachte, es wäre schwierig. Tatsächlich steuert die Erinnerung meines Körpers mein Gebet. Mein Körper ist beschmutzt worden, nicht aber seine Erinnerung, das ist eine gute Nachricht. Ich finde ein bisschen von Tafafilt wieder, als ich noch hinter meiner kleinen Mama und ihrem stinkenden Kochgeschirr betete und Dich darum bat, dass in meinem Leben irgendetwas passieren möge. Alles kommt ganz natürlich zurück, als gehörten sie zu meinem genetischen Code, diese in meinen ersten sechzehn Lebensjahren unermüdlich aufgesagten Gebete. Als würden sie mich, meinen bösen Taten zum Trotz, für alle Ewigkeit mit Dir verbinden. Als könnte mich nichts von Dir trennen, Allah, nicht einmal mein früheres Gewerbe. Das gar nicht mal so lange her ist, muss ich sagen.

Ich neige mich zu Boden, gleichzeitig mit den anderen, richte mich wieder auf, knie nieder, spreche im richtigen Rhythmus, niemand würde glauben, dass ... Ich bin genau wie sie in diesem Augenblick, und manchmal ist es angenehm, wie alle zu sein. Auf jeden Fall ist es erholsam.

Wir haben das Gebet beendet. Es tut gut, »wir« zu sagen. Der Imam beginnt mit seiner Predigt, ich habe Kohldampf. Heute spricht er über die Frauen und ihre Pflichten gegenüber den Gatten, Brüdern, Söhnen, Cousins, Neffen, Vätern, Großvätern, Urgroßvätern, Enkeln, Urenkeln, Schwägern, Schwiegersöhnen, entfernten Cousins, Cousins dritten Grades etc. Aber immerhin unterstreicht er, dass die Kinder, also auch die Männer, ohne den Segen der Mutter niemals das Glück auf Erden kennenlernen und schon gar nicht das himmlische Paradies. Uff, ich hatte schon befürchtet, dass man gar nichts zurückbekäme. Nur Mutter muss man sein ... Und ich bin nichts als eine Frau ... Schnell, vergessen.

– Sagt euren Frauen, sie sollen sich mit einem Schleier bis auf die Brust verhüllen ...

Woher kommt eigentlich diese Manie mit den Haaren? Und weshalb, Allah, wendest Du dich nicht direkt an mich, warum sagst Du »sagt euren Frauen«? Warum sagst Du mir nicht »um eine gute Frau zu sein, musst du dich schicklich kleiden«? Ich mag es, wenn man mich direkt anspricht. Wozu brauchen wir Frauen einen Vermittler, jemanden, der uns sagt, wie wir uns anzuziehen, zu verhalten und zu entwickeln haben?

– Die tugendhaften Frauen sind gehorsam und unterwürfig ihren Männern gegenüber ...

Allah, jetzt lächelst Du, nicht wahr? Ich weiß. Ich lächle auch. Es gibt da eine Sache, die nicht aufgeht, eine Sache, die ich gar nicht zu denken wage, eine Sache, die allen Mannsbildern der Erde sehr gelegen kommt, die mir aber nicht passt, mir als Frau. Gehorsam und unterwürfig. Nur Dir gegenüber. Einzig und allein.

Ich sehe mich um, hoffe, noch mehr Lächeln zu sehen oder Flunsche oder Stirnrunzeln, aber nein. Keine der

Frauen lächelt oder runzelt die Stirn. Vielleicht haben sie nicht richtig zugehört. Bestimmt denken sie an ihre Einkäufe oder an ihre Kinder, die schon lange kein Fleisch mehr gegessen haben. Das muss es sein. Es gibt keine andere Erklärung.

Verdammt, habe ich einen Hunger!

Natürlich weiß ich, dass die Männer Angst vor den Frauen haben, deshalb verschleiern sie sie. Um sie nicht zu sehen. Um sie sich nur vorzustellen. Sie sich zu phantasieren. Sie zu malen. Oh ja, das allerdings, die Männer lieben es, uns zu malen. Uns darzustellen. Aber nicht, uns zu sehen, wie wir sind.

In der Villa des Scheichs in Masmara hingen viele Gemälde an der Wand, und sie stellten immer dasselbe dar: hingegossene Frauen, Faulenzerinnen, häufig entblößt, Schlampen, in lasziven Posen, Transusen, und natürlich mit Schlafzimmerblick – Nutten. In den Geschäften von Masmara waren meine Kunden aus Fronkreich ebenfalls hingerissen von diesen Bildern. Verbissen handelten sie den Preis herunter, um eins davon mit nach Hause nehmen zu können, in ihr Zwei-Zimmer-mit-Küche-Appartment in einer grauen Vorstadt, und es mit der schönen, leicht verruchten Araberin auf dem Gemälde ein wenig aufzuheitern.

Warum malt keiner eine arme Frau auf den Knien mit einem Schwanz im Mund und Geld in der Hand? Das ist meine Realität. Zumindest war sie das. Ich habe keine Lust mehr darauf, das zu machen, ich werde mich jetzt irgendwie anders durchschlagen. Ich habe Lust, Lesen zu lernen. Und Schreiben. Damit die Straßenschilder nicht mehr nur leere Formen sind, die Zeitung nicht mehr nur aus Fotos besteht und damit ich mir meinen Heiligen Koran, Allah, nicht immer nur erzählen lassen muss.

Ich gehe in die Küche mit all den übrigen Armen. Wie erwartet gibt es Couscous, obligatorisch am Freitag in den Moscheen. Ich bin immer noch ein bisschen hübsch, wenn ich den Mund halte, deshalb mache ich ihn kaum auf. Es gibt zwar niemanden hier, den man anbaggern könnte, aber einen Rest von Koketterie habe ich mir aus meiner Glanzzeit bewahrt. Der Geruch des Hammelfetts erinnert mich an Tafafilt. Mein Vater muss mich jetzt hassen. Kein Lebenszeichen mehr von mir seit drei Jahren, kein Cent mehr. Ich glaube, er hatte das Stromaggregat für seine Satellitenschüssel noch gar nicht abbezahlt. Umso besser. Das Arschhaar von dem *fkih* hat mir jedenfalls wirklich Pech gebracht. Ich hoffe, der Kerl ist tot.

Die Küchentür geht auf. Der Imam, von mehreren Männern umgeben. Das wirkt sehr feierlich. Ein bisschen so wie die Scheichs, wenn sie ihren Einzug in die Disco hielten. Alle Armen erheben sich. Der Mann, der das Gebet geleitet hat, begrüßt sie und sagt ihnen, dass alles gut wird, so Gott will. Da, schon wieder diese Schuldzuweisung an Dich. Denn es wird nicht besser bei uns, und wieder wird es Deine Schuld sein. Wie sehr ich das nicht mag! Wirklich, das regt mich auf. Ich finde, Du bist für mich dagewesen, der Rest ist mein eigenes Business. Ich habe glückliche und unglückliche Momente erlebt, ich sehe aber nicht, was Du mit dem einen oder dem anderen zu tun hast. Es sind *meine* Momente. Manchmal hast Du mir Orientierung gegeben und andere Male hast Du mich meine eigene Erfahrung machen lassen. Manchmal hast Du mich korrigiert und andere Male nicht. Und so habe ich gelernt. Aus meinen Leiden und aus meinen Freuden. Du, Du hast nichts damit zu tun. Du warst da, um mir zuzuhören, und das hast Du getan.

Wenn ich an Dich denke, ist mein erstes Gefühl eine unendliche Liebe. Weder Furcht. Noch Angst. Im Grunde genommen fürchte ich nur, Dich zu enttäuschen. Das ja, das macht mir Angst. Ich habe Dich schon enttäuscht, und ich werde es wahrscheinlich wieder tun. Ich werde aber versuchen, es weniger zu tun, ich werde versuchen, mich zu bessern, Allah. Mit Dir an meiner Seite habe ich den Eindruck, weniger allein zu sein. Und für ein Mädchen wie mich ist das enorm wichtig. Ich weiß, dass ich manchmal den schlechten Weg gewählt habe. Aber noch einmal, ich habe mir damit selbst geschadet. Niemals habe ich Dich beleidigt oder verhöhnt. Also bin ich gelassen. Liebe aus Furcht, die ist nichts wert. Die Männer lieben Dich, weil sie Dich fürchten, sie benehmen sich anständig, weil sie Angst vor der Hölle haben. Ich aber liebe Dich, weil ich glücklich bin, Dich zu lieben. Und weil es mich beruhigt, wenn ich dunkle Momente habe. Und ich habe oft dunkle Momente. Innerlich, meine ich.

Der Imam sieht mich an. Ich schlage die Augen nieder. Er spricht einen Segen von der Art:

– Ihr esst das Brot Gottes in seinem Haus. Er wird euch die Pforten des Paradieses öffnen, ihr aber, verliert euch nicht in den Gefilden der Sünde ...

Na ja, irgendsowas. Während er spricht, sieht er mich weiter an. Mich. Er hat einen langen hennagefärbten Bart, ein hängendes Oberlid und eine Kinnlade wie eine Registrierkasse. Er muss 60 Jahre alt sein. Mehr oder weniger. Der Bart verdeckt alles. Egal, ich würde gern mein Couscous aufessen, es wird sonst kalt.

Mit dem Brot wische ich die Soße vom Teller. Wir Armen essen Brot zu allem, selbst zu Kartoffeln und selbst zu Bananen. Ich würde mir gern noch ein Stück nehmen, aber ich traue mich nicht zu fragen. Offenbar bin ich noch nicht arm genug, um mich zu trauen. Eine Frau kommt auf mich zu und fragt nach meinem Namen. Alles geht sehr schnell, ich weiß nicht, was ich sagen soll. Ich sage Khadija. Jbara ist hässlich. Scheherazade klingt nach Nutte, Khadija, das war die Frau des Propheten, Friede seiner Seele. Das ist gut. Khadija heiße ich. Es hat mir noch nie an Ideen gefehlt, um dem Elend die Stirn zu bieten. Niemals würde ich zulassen, dass es die Oberhand gewinnt, dieses Miststück, das mich in seine Gewalt zu bringen droht, ohne mich zu fragen, dieses Elend, das sich über mich lustig macht, wenn ich am Boden bin. Das bei jedem durch die Hintertür hereinkommt, ohne anzuklopfen. Ich aber werde ihm jetzt die Stirn bieten, mit meinem Kopf, denn meinem Körper sind ein wenig die Argumente ausgegangen.

Ich heirate heute. Der Imam hat nur zwei Frauen, und meine grünen Augen haben ihm gefallen. Außerdem tut er ein gutes Werk. Das einzige Problem ist, dass ich keine Jungfrau mehr bin, seine Mutter aber das Bettlaken sehen will. Seine Mutter hat mindestens 200 Jahre auf dem Buckel. Sie ist eine Bösartige. Eine blöde Schnepfe. Wie alle Schwiegermütter meines Landes, die schlimmste Sorte. Mit ihr wird es nicht einfach werden. Ich werde sie ausschalten müssen, bevor sie mir das Leben zur Hölle macht. Sie betrachtet mich als ihr Mädchen für alles, wo sie doch nicht einmal reich ist.

Die Schwiegermütter hierzulande wollen Sklavinnen für ihre Söhne, die sie aufgezogen haben, als wären sie kleine Könige. Vor allem aber wollen sie sich durch uns Schwiegertöchter an ihren Schwiegermüttern rächen, die ihnen ihrerseits ihr ganzes Leben lang den Nerv getötet haben. Sie erziehen ihre Söhne zu Machos und ihre Töchter zu Dienstmädchen. Deshalb ist es auch ganz in Ordnung, wenn ihr Mann ihnen Ohrfeigen verpasst, es ist die Schuld der Mütter, all das. Es ist ein Teufelskreis. Ich werde sie zur Strecke bringen. Ich bin kein Dienstmädchen, ich bin eine Hure. Sie wird schon sehen.

Gut, es ist Zeit, ich muss mich zu meinem Mann ins Bett legen. Ich bin auf der Toilette. Ich schneide mir in den Unterarm, lasse das Blut in ein kleines Plastiksäckchen laufen und klebe ein Pflaster drauf. Ich werde Jungfrau sein.

Ich trete in das Zimmer, mein grässlicher Ehemann wartet schon unter den Laken, und meine blöde Schwiegermutter beobachtet uns von der Ecke des Fensters aus. Sie glaubt, ich sehe sie nicht. Ich lasse den Rollladen auf ihre Fresse fallen, hoffentlich habe ich ihr die Nase gebrochen. Ich tue so, als sei ich ein bisschen verlegen, ich lasse mir Zeit beim Ausziehen, so als hätte ich darin gar keine Übung, und ich atme heftig. Er streichelt mir über den Kopf, damit ich mich beruhige.

Es funktioniert. Er kriegt einen Ständer. Ich habe einen Reflex, aber den habe ich schnell im Griff. Ich wollte ein bisschen Spucke in meine Mumu tun, aber ich darf ja gar nicht wissen, dass man das so macht. Ich halte mein kleines Säckchen in der Hand, im Augenblick der Penetration lasse ich es platzen. Das ist gut, ich bin Jungfrau. Und jetzt habe ich ein Dach über dem Kopf. Es ist vorbei, mein Mann zieht sich wieder an. Ich auch. Und seine Mutter klopft an die Tür, um das Laken mit dem Blutfleck zu holen und mit ihren Freundinnen in der gesamten Bruchbude in Jubel auszubrechen. Die gleiche Sorte Schnepfen wie sie.

– You you, you you!

Diese Hochzeit ist mein letzter Ruhetag. Morgen geht es in Richtung Küche mit der Schwiegermutter. Ich werde es hier nicht lange aushalten, aber der Winter ist rau in dieser Gegend, und ich habe keine warme Kleidung. Sie hat immer einen Schlüssel an ihrem Gürtel hängen. Es ist der Schlüssel zu den Schränken. Sie sperrt alles weg, vom Zucker über das Geschirr und die Datteln bis zur Wäsche.

Alles hängt von ihr ab, also auch ich. Sie hat Geldscheine in ihrem BH, in ihren Strümpfen und bestimmt auch in ihrer Unterhose, da bin ich ganz sicher. Sie überwacht alles, mischt sich in alles ein, betet nur, wenn ihr Sohn da ist und bedient sich aus der Kasse der *sadakka*, die sie jedes Wochenende veranstaltet. Aber genau wie ich, ich sage ja auch nichts. Eine echte Schauspielerin, die auf Kommando losheult und in Ohnmacht fällt. Sie schlägt sich auf die Brust, wie diese Gottesfanatiker im Fernsehen, und beklagt sich über ihr trauriges Schicksal als ungeliebte Schwiegermutter. Und ihr geliebter Sohn, ihr Augenstern, tröstet sie, und alle tun, was sie sagt.

Sie muss schnell sterben. Verzeih mir, Allah, dass ich so rede, aber sie ist unerträglich und boshaft. Du hast doch gesehen, wie sie mich herumstößt? Und wie sie mich beleidigt auch? Vor ihrem Sohn oder wenn Gäste da sind, spielt sie die arme Alte, aber in der Küche ist *sie* die Nutte. Sie hat das Herz einer Nutte. Ich nur den Arsch.

Wie können die Männer ihre Mütter nur so sehr lieben und ihre Frauen so wenig? Oft sagen sie »alles Nutten, bis auf meine Mutter«. Dabei vergessen sie, diese Idioten, dass auch ihre Mütter Frauen waren, bevor sie Mütter wurden. Also Nutten, ihrer eigenen Logik zufolge ... Auf jeden Fall ist meine Schwiegermutter in ihrer Jugend eine Schlampe gewesen, ganz bestimmt, sie weiß zu genau, wie ich funktioniere.

Zu allem Überfluss verhindert sie, dass ich zu meinen Schreib- und Lesekursen gehen kann. Sie hat erfahren, dass in dem Saal neben meinem ein Mann die Kurse gibt. Also hat sie vor ihrem Sohn eine Szene gemacht. Dabei ist es ein sehr guter Verein, und außerdem war mein Mann einverstanden. Diese Schnepfe erzählt aber überall herum, dass ich mit Unbekannten spreche und insbesondere mit diesem Lehrer. So ein Quatsch. Es kommt tatsächlich vor, dass ich mit ihm spreche, aber doch nur, um Fragen zu stellen. Um zu wissen, ob das A und das C wie ak oder as ausgesprochen werden. Solche Sachen. Sagt man »Selwa ist zu dem Friseur gegangen« oder »zum Friseur«?

Er ist ein netter Herr. Er heißt Boualem, und er gibt sich große Mühe, damit sein Verein größer wird. Er hat eine unendliche Geduld. Vor ihm schämt man sich nicht, nichts zu wissen. Okay, es stimmt, ich habe meinem Mann nicht gesagt, dass die Lehrerin ein Lehrer ist, das hätte sofort ein »Nein« bedeutet. Aber warum, zum Teufel? Ich habe nichts Böses getan! Trotzdem musste ich mit dem Kurs aufhören. Mein Mann hat mich gebeten, seine arme Mutter zu schonen. Er hat mir aber versprochen, dass ich bald damit weitermachen kann.

In der Zwischenzeit gibt mir Boualem heimlich dreimal die Woche eine Viertelstunde Lese- und Schreibunterricht, mit ein paar Hausaufgaben. Wir setzen uns hinter eine kleine Zementmauer an der Ecke der Rue d'Inezguane, und ich behalte meinen Schleier auf für den Fall, dass ich plötzlich die Flucht ergreifen muss ... Er beglückwünscht mich zu meiner Standhaftigkeit und beruhigt mich jedes Mal, indem er wiederholt, dass ich nichts Böses tue. Er erfindet sogar intelligente Entschuldigungen für mich, mit denen ich bei meiner Schwiegermutter die Verspätungen rechtfertigen kann. Das geht schon seit Monaten so, Monate, in denen ich immer wieder das Alphabet lese und Buchstaben zusammensetze. Manchmal funktioniert es, und es kommen Wörter dabei heraus.

Einmal hat er mir gesagt, dass in einem *hadith* des Propheten, Friede seiner Seele, geschrieben steht: »Eine Sammlung Wissen ist genauso viel wert wie ein ganzes Leben Gebete.« Das erwärmt mir das Herz. Und es hat mich in der Meinung bestärkt, dass meine Schwiegermutter eine wirklich kleingeistige Person ist, die versucht, Scheiße zu finden, wo nichts ist als eine unbändige Lust auf das Lernen. Da sie aber ziemlich schlau ist, behalte ich bei ihr meine ungehobelte Redeweise bei, damit sie keinen Verdacht schöpft, aber ich merke deutlich, dass ich mich weiterentwickle und mein Horizont sich erweitert. Manchmal stimmt mich das versöhnlich, manchmal dagegen bin ich zorniger denn je. Mit den Worten kommt der Durchblick.

Ich muss aber sagen, dass mich Boualem ein wenig mit den Männern versöhnt. Er erinnert mich an Abdelatif und an gewisse Seiten meines Mannes. Nur gewisse. Er hat eine reizende Frau, sie heißt Faïza, und sie kümmert sich um die ledigen Mütter im Verein. Sie bringt ihnen Lesen, Schreiben, Nähen, Sticken, Kochen bei. Und sich um ihre Babys zu kümmern. Wenn ich gewusst hätte, dass es solche Vereine gibt, ich schwör's, hätte ich diese Sache damals nie gemacht. Das weißt Du genau, Allah. Ich wäre eine ledige Mutter in einem Land gewesen, in dem man entweder das eine oder das andere ist, aber niemals beides zusammen. Andernfalls ist es *haram*. Todsünde.

Ein Jahr ist vergangen. Sie ist immer noch nicht tot. Dabei ist sie alt, frisst für vier und pinkelt manchmal Blut. Pfefferminztee, gezuckerte Kuchen, Datteln, könnte sie nicht Diabetes kriegen oder so etwas? Die Treppe herunterfallen und sich die Knochen brechen? Einen Schlaganfall bekommen? Nur so ein paar Ideen für Dich ... Sie ruiniert mein Leben, Allah. Wie reagiert man auf solche Hindernisse? Warum ist es so schlimm, jemandem den Tod zu wünschen, der einen am Leben hindert?

Sie schlägt mich jetzt und beleidigt mich zu oft, sie schafft mir Probleme mit allen Leuten. Jeden Tag weine ich. Sie muss aus meinem Leben verschwinden, und außer Dir gibt es niemanden, der dafür sorgen kann, dass sie stirbt. Warum lässt Du ihre Stunde nicht ein wenig eher schlagen? Ist es *haram*, das zu sagen? Oder ist es *hchouma*? Ich weiß nicht mehr, was *haram* ist und was nicht. Ich bin nicht mehr imstande, einen Unterschied zu machen zwischen dem, was Sünde und dem, was schändlich ist. Und überhaupt, habe ich denn jemals gewusst, was das heißt, dieser *haram*? Was für den einen *haram* ist, ist es nicht unbedingt auch für den anderen. Wie soll man aus diesem Schlamassel herauskommen, Allah? Was kann ich dafür, dass mir die Arbeit als Nutte nie wie *haram* vorkam? Allerhöchstens wie *hchouma*. Und der Wunsch, dass meine bösartige Schwiegermutter stirbt, auch nicht. Ich will Ruhe, Allah. Ich will Schafe, Allah. Ich will Frieden, Allah. Bitte, gib mir eins von den dreien. Ich flehe Dich an, Allah. Ich bin müde.

Wieder ist ein Jahr vergangen, und weder habe ich Frieden bekommen noch Ruhe noch Schafe, und dabei habe ich auf jedes noch so geringe Zeichen geachtet. Mit meinen Kursen habe ich immer noch nicht wieder angefangen, das heißt, ich mache heimlich weiter. Meine Schwiegermutter benutzt mich. Wenn diese Frau ins Paradies kommt, dann will ich in die Hölle gehen. Ich habe aufgegeben. Zum ersten Mal in meinem Leben. Ich spreche meine Gebete nach Vorschrift, Allah, aber inzwischen bete ich sie nur noch daher. Das macht mir am meisten Kummer. Ich sage nur die Gebete auf, ich spreche nicht mehr mit Dir. Sie hat mir die Energie und meine bescheidenen Hoffnungen genommen. Ich will nicht einmal mehr ihren Tod, nur dass sie schweigt, dass sie nicht mehr spricht, dass sie mich nicht mehr sieht.

Heute Abend kommen Gäste, aber nicht ich habe für sie gekocht. Weil ich meine Regel habe. Und ich habe auch nicht das Essen aufgetragen. Weil ich unrein bin. Das sagen *sie*. Unrein. Aber ich sage ihnen, diesen Idioten, eine Frau ist niemals unrein, sie sind allesamt aus unserer Vagina herausgekommen und nur dank dieses Blutes hier, wo sie im Namen Gottes ihren Unsinn ablassen. Ich bin isoliert in einem Zimmer, weil ich meine Regel habe. Das ist der Gipfel. Nächstes Mal tue ich etwas davon in ihr Essen. Pssst.

Mein Mann kommt ab und zu vorbei, um mich zu fragen, ob ich mich gut fühle, ob ich nicht zu müde bin, ob ich nicht den Drang habe, mich zu erbrechen. Wenigstens ... Aber dennoch, eine Woche im Monat unrein, das ist ein bisschen viel. Dabei verlange ich doch gar nichts. Das Schlimmste ist, dass ich nicht das Recht habe zu beten, wenn ich unrein bin. Jedenfalls wird mich niemand daran hindern können, mit Dir zu sprechen, Allah, ganz gleich, in welchem Zustand ich bin. Sie schneiden sich ins eigene Fleisch.

Du wirst es nicht glauben, Allah. Heute Morgen hatte meine Schwiegermutter einen Schlaganfall. Sie ist auf der linken Seite gelähmt. Sie kann weder sprechen noch sich bewegen, wie sie will. Ich werde Frieden haben und Ruhe. Zwei von dreien, das ist enorm. Und ich werde in den Verein zurückkehren können. Ich weiß jetzt, dass Du mich gern hast. Danke, Allah.

Ich glaube an Dich. Noch stärker, wenn ich spüre, dass Du an mich glaubst. Du bist in meinem Leben der einzige gewesen.

Seit meine Schwiegermutter außer Gefecht ist, sehe ich meinen Mann mit anderen Augen. Nicht weil er präsenter ist, sondern weil ich weniger blind bin. Und eigentlich glaube ich, dass er gar nicht übel ist, mein Mann. Er sagt ziemlich viel Unsinn, ist ein bisschen zu anhänglich, aber er hat nie die Hand gegen mich erhoben und spricht sehr freundlich mit mir, oft. Seit dem Unfall kommt er manchmal in der Küche vorbei und sagt:

– Hmm, das riecht aber gut.

Das ist sehr seltsam für seine Verhältnisse. Vorher ging er immer schnurstracks an der Küche vorbei, zum Gebet oder um den Koransender zu sehen. Jetzt fragt er mich sogar nach meiner Meinung über verschiedene Dinge, und wenn er nicht zu müde ist, erzählt er mir, wie sein Tag war. Er ist nicht böse, nur ein bisschen engstirnig, was die Religion betrifft. Zum Beispiel gibt er Frauen grundsätzlich nicht die Hand. Er sagt, man müsse die Taten und die Gesten des Propheten Mohamed nachahmen, Friede seiner Seele. Ich habe große Lust, ihm zu entgegnen, er solle lieber mit den Taten beginnen als mit den Gesten.

Im Gefängnis wurde unter der Hand ein Buch herumgereicht, es hieß »Der Prophet und die Frauen«. Ich war natürlich gearscht. Ich konnte nicht lesen und meine Freundinnen auch nicht, aber das Mädchen, das in der Schule gewesen war, erzählte uns, wie großzügig und respektvoll der Prophet, Friede seiner Seele, mit den Frauen umgegangen war. Balsam für unsere Seelen, diese Geschichten.

Die beste von allen war die vom Propheten, Friede seiner Seele, der siebenundzwanzig Tage und siebenundzwanzig Nächte mit einer seiner Frauen im Zelt geblieben war, das war Maria, die Koptin. Um einander zu genießen, zu lieben und sich gegenseitig Lust zu bereiten. Ich konnte es nicht fassen. Mir war zum Weinen zumute. Er hatte auch gesagt, für ihn gebe es im Leben drei Dinge, die er vor allem liebte: »Die Frauen, das Parfum und das Gebet«. Die Frauen hatte er an die erste Stelle gesetzt und das Gebet an die dritte. Am Schluss habe ich geweint. Vor Glück. Eines Tages werde ich es vielleicht wagen, meinem Mann all das in Erinnerung zu rufen. Aber man soll nichts überstürzen.

Heute Abend tue ich etwas, was ich in zwei Jahren Ehe noch nie getan habe. Ich bin im Bett mit meinem Mann, ich nehme seinen Schwanz in die Hand und spiele damit. Er ist überrascht, normalerweise penetriert er mich und danach schlafen wir ein. Aber jetzt bewege ich ihn in alle Richtungen, liebkose und massiere ihn. Ich tue meinem Mann etwas Gutes. Ganz einfach so.

Seit dem Unfall verstehe ich mich auch besser mit den beiden anderen Ehefrauen. Was wieder einmal beweist, dass es manchmal ausreicht, ein einziges Glied aus einer Kette zu eliminieren, und plötzlich geht alles besser.

Warum soll ich mich nicht dazu entschließen, das zu schätzen, was ich im Augenblick habe? Und nett zu meinem Mann zu sein? Vielleicht ist das die Botschaft, die Allah mir sendet. Mich mit dem zufriedenzugeben, was ich habe. Und es zu schätzen zu wissen. Und zu sagen *al hamdoulilah*, selbst wenn noch nicht alles da ist. Ich fange damit an, indem ich meinen Mann liebe. Wenn alles normal verläuft, wird er mir das vergelten. Ich werde mich um das Haus und um meine Familie kümmern. Das ist es, was ich zu tun beschließe. Ich werde aufhören, etwas anderes zu wollen als das, was ich habe. Vielleicht werde ich so glücklich sein.

Und so ist es auch. Zur Zeit bin ich glücklich. Außerdem hat mir mein Mann zwei neue Zähne geschenkt, ich bin wieder hübsch geworden. Ich habe es Ihnen ja gesagt, er würde es vergelten.

Danke, mein Mann.

Ich hätte nie geglaubt, dass das möglich ist, aber er und ich, wir werden mehr und mehr zu Komplizen. Manchmal fragt er mich nach meiner Meinung, und häufig bringen ihn meine Antworten herzhaft zum Lachen. Er sagt, ich sei verrückt, und das sei erfrischend für ihn. Und er fragt mich immer weiter, obwohl das alles natürlich unter uns bleiben muss, wegen seiner Position. Und zunehmend wage ich es, ihm zu sagen, was ich denke. Was ich wirklich denke, meine ich. Ohne Tabus. Aber immer mit Respekt. Immerhin ist er der in ganz Sidi Barzouk hochverehrte Imam.

Sidi Barzouk, das ist da, wo ich wohne. Es ist das ganz arme Viertel von Kablat. Ich wohne im annehmbarsten Haus des Viertels, und damit habe ich wirklich Glück. Die übrigen Häuser sind alte, von Ratten und Kakerlaken heimgesuchte ehemalige Pferdeställe. Bei uns gibt es zwar auch welche, aber viel weniger. Die Frauen kümmern sich, so gut es geht, um ihre Kinder und ihre Kochtöpfe, und die jungen Männer stehen gelangweilt herum und hängen ab mit ihren Plastik-*Mikes*. Sie tragen *Lakoste*, aber an unseren Jugendlichen hängen selbst die Krokodile schlaff herunter, ihr Schwanz zeigt nach unten.

Es gibt keine Hoffnung in unseren Straßen ohne Gehsteige. Es gibt nur Ratten in diesem Labyrinth ohne Ausgang. Und manchmal die Polizei. Dieses trostlose Spektakel sehe ich jeden Tag, wenn ich im Lebensmittelgeschäft meine Einkäufe mache. Ich, die Frau des Imam. Der man Früchte und Kredit anbietet. Ich hasse meinen Schleier, aber darunter kann ich jederzeit weinen. Dieses Elend beweinen, dem ich gerade mal so entkommen bin, mit dem ich aber trotz allem in Berührung bleibe. Diese Jugend hier beweinen, die mir ähnelt und die auch die meine wäre, wenn das Schicksal es nicht anders mit mir vorgehabt hätte, diese leeren Blicke beweinen, die nichts erwarten. Außer vielleicht, dass Sie eines Tages kommen und sich an ihren Platz setzen, um zu verstehen, dass es unhaltbar ist und dass etwas getan werden muss. Versuchen Sie es. Nur eine Minute. Sie schaffen es nicht? Versuchen Sie es noch einmal. Ich werde Ihnen helfen. Sehen Sie, wie nervtötend es ist, auf einen Bus mit Verspätung zu warten? Okay, und nun stellen Sie sich vor, dass dieses Warten das ganze Leben lang andauert. Sie schaffen es immer noch nicht? Wir dagegen können uns Ihr Leben vorstellen. Ziemlich leicht sogar.

Radieren Sie die Ratten aus, radieren Sie die Elendshütten aus, und Sie werden sehen, wie die Bärte kürzer werden. Sie zäumen das Pferd immer vom Schwanz her auf, das ist ungerecht.

Ich bin empört, Allah. Inmitten dieser Trostlosigkeit will es mir nicht gelingen, mein zerbrechliches Glück zu genießen. Mein Schleier hindert mich nicht daran zu sehen. Wenn er wenigstens dazu gut wäre... Aber nicht einmal das. Ich bin zornig auf die anderen, mit denen ich zu tun hatte, die Weißen und die Reichen, die ihre Spuren in mir hinterlassen haben. Ist das zu sehr vereinfacht? Sie können mir mal den Buckel runterrutschen! Seien Sie bloß auf der Hut, wenn Sie in unser Land kommen zum Tapetenwechsel, den Sie sich für eine Handvoll Couscous kaufen, dann werden wir da sein, wir, die Mikroben, um euch eine sehr blutige Rinderlende zu servieren. Anscheinend mögen die Reichen das Fleisch gern blutig. Wir werden es euch servieren, wie es sich gehört. Das Leben ist heilig bei euch, bei uns ist es der Tod, der heilig ist. Unsere Ankunft haben wir verpasst, deshalb werden wir umso genauer auf unsere Abfahrt achten.

Was ist los mit mir, Allah, dass ich so spreche? Ich war losgegangen, um Sellerie zu kaufen, und jetzt bin ich auf einer Liste von freiwilligen Helfern auf der großen Reise. Bin ich verrückt oder was? Mein Gott, wie schnell das geht, ich habe mich nicht einmal kommen sehen.

– Drei Stangensellerie, bitte!

Dabei gehöre ich nicht zu denen, die sterben wollen. Noch weniger zu denen, die denken, dass es sich besser leben lässt, wenn man andere tötet. Es ist wahr, manchmal ist die Versuchung groß. Und ich bin anfällig dafür, Versuchungen nachzugeben. Das weißt Du am besten. Aber ich bin mein ganzes Leben damit durchgekommen, an erster Stelle mit dem Körper und erst an zweiter mit meinem Kopf zu reflektieren. Ich werde jetzt nicht alles verpfuschen.

Ich habe auch eine Frage, aber nicht an Dich, Allah, an die anderen, sie werden sich darin wiedererkennen. Wenn ich Märtyrerin würde, würden dann im Paradies auch zweiundsiebzig knackige Kerle mit nagelneuem Schwanz auf mich warten?

Nur so eine Frage. Nichts von Bedeutung. Sie wissen es nicht? Zu dem Thema steht nichts geschrieben? Aha …

– Und zwei Bund *kasbour*. Und einen Raïbi Jamila.

Scheiße nochmal, dieser Schleier kotzt mich an! Bei jedem Schritt verheddern sich meine Füße darin! Außerdem habe ich mit meinen schwarzen Handschuhen Schwierigkeiten, die Münzen aus dem Portemonnaie zu holen. Seit mehr als zwei Jahren bin ich jetzt von Kopf bis Fuß schwarz umhüllt, und allmählich habe ich es satt. Okay, mein Mann ist Imam, aber am Anfang dachte ich auch nicht, dass ich so lange bleiben würde. Und jetzt haben wir den Salat, ich habe mich an ihn gebunden und bin jetzt eine Gefangene dieses Schleiers.

Es hat schon zu lange gedauert. Ich habe die Nase voll. Ich werde ihm sagen, dass ich ihn gern ablegen würde. Ganz einfach. Er wird mich rausschmeißen, das ist sicher, aber ich habe meine Argumente, und im Allgemeinen hört er auf mich. Vielleicht nicht komplett ablegen, aber wenigstens an den Händen und dem Gesicht. Wie konnte ich diese Kostümierung nur so lange hinnehmen? Ich, Jbara Ait Goumbra! Ich, Scheherazade vom Monte Casino! Ich, Khadija, mit dem verheißungsvollen Namen …

Sie sagen, die Frau müsse ihre Zierden verbergen, damit der Mann nicht auf unmoralische Gedanken komme. So steht es geschrieben, und das scheint auch niemanden zu stören. Er ist es, der unmoralische Gedanken hat, und ich bin es, die sich verstecken muss. Das ergibt keinen Sinn.

Nach welchem Recht soll ich zur Geisel eines Mannes werden, der sich nicht unter Kontrolle hat? Es ist am Mann, sich zu disziplinieren, nicht an mir, mich zu verstecken. Und wenn er sich nicht disziplinieren will, weiß ich nur ein Mittel: die kalte Dusche. Ich kenne sonst nichts, was eure unmoralischen Gedanken lindern kann, meine Herren. Mich aber lasst ihr zufrieden, mich und meine Zierden, mich und meine Haare, mich und meine Keuschheit! Wenn ihr beim Anblick von Knöcheln einen Ständer kriegt, dann ist es höchste Zeit, euch professionelle Hilfe zu holen.

Nicht ich. Ihr.

Wegen tendenzieller Dauererektion im fortgeschrittenen Stadium.

Er ist eine Strafe Gottes, dieser Pimmel, ich schwör's!

Meinen Schleier habe ich über dem Herzen, Allah, ich bin Deine ewige Dienerin und ich werde Dir mein ganzes Leben lang dankbar sein, denn mit Dir hat es einen Sinn bekommen. Einen Sinn, der nicht vorgesehen war, jedenfalls einen Sinn, den ich nicht vermutet hätte, als ich in Tafafilt gestorben bin. Du bist mein treuester Verbündeter gewesen während der grauen Jahre.

Danke, Allah.

– Khadija! Khadija! Schnell!

Ich laufe in mein Haus, ich befreie mich von meinem Vorhang und entdecke meinen Mann mit geschlossenen Augen auf dem Boden liegen. Er hatte eine Herzattacke. Ich werde ein wenig warten müssen mit meinem Antrag. Ich muss mich um ihn kümmern. Ich bin erschüttert.

Mein Mann muss das Bett hüten, er ist sehr schwach, kann aber noch sprechen. Ich kann nicht glauben, dass er in

Gefahr ist, noch vor seiner Mutter zu gehen. Das wäre der Gipfel.

Er verlangt mehr nach meiner Gegenwart als nach der der beiden anderen. Es ist ihnen egal, so haben sie mehr Zeit zum Sticken.

Ich füttere und wasche ihn wie ein Baby. Was er sich von mir aber am meisten wünscht, das sind meine Lieder. Nicht unbedingt die Verse des Koran. Nur kleine Melodien, die seine Ohren liebkosen. Seine Ohren, die voller Koranverse und -suren sind, *hadiths* und *sunnas*, verlangt es nun nach Liedern von Liebe und Liebenden, von Lust und Sinnlichkeit, von Küssen und Zärtlichkeiten. Den *haram*- und *hchouma*-Liedern, die ich immer im Radio höre und die mein Leben schöner machen.

Immerhin ist er mein Mann, ich kann mit ihm machen, was ich will. Und er ist es ja, der darum bittet. Er zwinkert mit den Augen und lächelt, wenn es ein bisschen gewagt wird. Manchmal sage ich ihm auch Suren auf, unterlegt mit meinen eigenen Melodien, ich spreche über Allah in *la la la* und vom Propheten Mohamed in *ré ré ré*. Ich mische das alles, und das beruhigt ihn.

Eines Abends ist es ihm mit keuchendem Atem gelungen, mir zu sagen:

- Du wirst ins Paradies kommen, Khadija, denn du hast aus meinem Tod den lebendigsten Moment meines Lebens gemacht.

Diese letzten Worte von ihm werden ganz bestimmt mein Leben lang in mir nachhallen. Mir ist auch wirklich eine Träne über die Wange gelaufen. Ich habe sie mit der Zunge abgeleckt. Sie war sehr salzig.

Es gibt solche Momente, Allah, die mir Kraft geben und mich weiter auf Dich hoffen lassen.

Er hat die Augen geschlossen, ich habe ihm einen Kuss auf den Mund gegeben und dann habe ich das Totengebet gesprochen.

Amine.

Allah, ich werde Dich niemals fragen, warum Du die kleinen Afrikaner sterben lässt! Diese Frage hat keinen Sinn. Wir treffen selbst die falsche Wahl. Deswegen sterben die kleinen Afrikaner. Ich habe eine schlechte Wahl getroffen, und man hat auf mich draufgepinkelt. Aber trotz des Pinkelns habe ich gelernt.

Ich bin Nutte geworden, weil ich diese Wahl getroffen habe. Ich bereue es nicht. Es sei denn, Du verlangst es von mir, in dem Fall würde ich es tun. Aber kein Mensch auf Erden wird von mir Reue verlangen können. Niemals. Ich habe mir selbst wehgetan. Niemand anderem. Mein Leben ist mein *dschihad.* Ich lerne, wer ich bin. Das ist mein Reichtum. Meine eigene Errungenschaft. Zu lernen, wer man ist, ist der kürzeste Weg zu Dir. Meiner ist kurvenreich gewesen, aber ich sage Dir dank.

Allah, ich verweigere mich der Vorstellung, dass Du ein Lückenbüßer-Gott bist, die Antwort auf alle meine Fragen und vor allem die Antwort auf meine Unwissenheit. Das würde aus mir nämlich eine Idiotin machen. Und ich bin keine Idiotin. Nur manchmal, das muss ich zugeben ...

An Dich zu glauben, Allah, ist keine Selbstverständlichkeit, eher ein Kampf. Sogar ein schwieriger Kampf, wie der, den die Dienstmädchen gegen den Staub führen. Er ist niemals gewonnen. Und er ist ewig.

Unaufhörlich dieselben Gebete aufzusagen hat mich Dir nicht unbedingt nähergebracht, Dir zu festgesetzten

Stunden Huld zu erweisen ebenso wenig. Was meine Verzweiflung erträglicher gemacht hat, war Deine Gegenwart, als ich am Tiefpunkt angelangt war und sagte: Allah, sag mir, dass es aufwärts geht mit mir, lass einen Stern blinzeln, um mir das zu bestätigen, bitte. Und Du hast einen Stern blinzeln lassen ...

Ich untersage jedem die Behauptung, dass es meine Augen waren, die geblinzelt haben, denn ich habe diese Sterne sehr gut sehen können im Gefängnis, und sie blinzelten! Was meinen Glauben mit Leben erfüllt, ist die Liebe zu Dir. Dich zu lieben hat es mir erlaubt, mich zu lieben, und mich zu lieben hat es mir erlaubt zu lieben.

Gut und Böse gibt es nicht. Dafür bist Du viel zu scharfsinnig.

Allah, Du bestehst nur aus Zwischentönen und darum liebe ich Dich.

Glossar

*Seite 5
Meinem Vater, dem visionervösen Bilderstürmer Im Original: *A mon père, iconoclasse et visionerf.* Wortspiel der Autorin aus Ikonoklast (Bilderstürmer) und Klasse sowie aus visionär und nervös

Seite 7
haram Sünde

Seite 13
Raïbi Jamila la la la la… Der Joghurt, für den die Kinder schwärmen! Im Original: Raïbi Jamila la la la la…Lu yaurt cu li z'enfants ils z'adorent!

Seite 15
Inch'Allah So Gott will

Seite 17
houkwane Danke

Seite 19
Amine Amen

Seite 22
eau de zem zem Weihwasser

Seite 24
mirikan Amerikanisch

Seite 25
asr Nachmittagsgebet

Seite 31
tagine au gras Fettes nordafrikanisches Schmorgericht

Seite 31
Pipsi Pepsi

Seite 34
»Schönheit für einen Dinar« Im Original: L'esthétique à un dimar

Seite 34
»Liebe Zuhörerinnen, ich bin Moufhida Ben Abess. Willkommen (...).« Im Original: Chéres zouditrices, ju soui Moufhida Ben Abess. Bienevunu à l'imissio »L'istitique à un dimar« afin qu'la bouté nu soit plus lu privilège di femmes zézé ou di stars du Holly'wod. Nu pouvu zêtre belles avec pu du chouz i la nature i noutre milleur alliée alour su soir ju vi vous douner la rucette pour di chuvus soyeux et on pleine saneté coum Jinifer Anisto. Vu zachutez une gusse d'ail, du l'huile d'oulive i vu termini avec un masque du yaurt. I lu puti plus pour une coulouration à la Iva Loungouria, vu milangez un pu d'eau oussyginée i du sachi du nescafé.

Seite 36
lizar Tuch, mit dem sich die Frauen auf der Straße verhüllen

Seite 36
souk Basar

Seite 37
»Liebe Zuhörerinnen, willkommen (...).« Im Original: Chéres zouditrices, bienevenu à noutre imissio »L'istitique à un dimar«. Ju soui Moufhida Ben Abess. Oujourd'hui coument avoir d'oussi belles mains qu'Ounjilina Djouli? Alour vu pruni un abouca i du l'huile d'argo, vu milangi lu tu i vu vu zon onduisi li mains ou n'insisto sur lu counetour di zongle i vu pussi li pou.

Seite 42
Lalla Madame

Seite 42
Sidi Monsieur

Seite 46
»um ebenso weiche Hände zu bekommen wie Jennifer Aniston, Avocados mit Arganöl pürieren und sich eine Handmaske machen muss« Im Original: ...pour avoir li mains oussi douces qu'Jinifer Anisto i fou icraser du l'abouca aves du l'huile d'argo i su faire un masque di mains.

Seite 49
hammam Nach Geschlechtern getrenntes öffentliches Dampfbad

Seite 58
Fronkreich Im Original: la Fronce

Seite 58
zouk Musikstil und Tanz aus den französischsprachigen karibischen Inseln

Seite 58
jerk Rap-Tanz aus Los Angeles

Seite 59
manucure Maniküre

Seite 60
Gazellenhörner Marokkanisches Gebäck aus Mandelpaste

Seite 63
krouchs lharam Sünderbäuche

Seite 66
Haifa Wehbe Eine in den arabischen Ländern sehr populäre libanesische Sängerin

Seite 68
djellaba Traditionelles marokkanisches Gewand mit spitzer Kapuze

Seite 75
Kaaba das zentrale Heiligtum des Islam in Mekka, Ziel der großen Pilgerreise, die jeder Muslim einmal in seinem Leben unternehmen soll

Seite 101
sadakka Solidarische Aktion für die Armen (Geld oder Naturalien), Almosen

Seite 103
hadith Überlieferungen über Mohamed, Anweisungen, Empfehlungen und Verbote und religiös-moralische Warnungen, die im Koran als solche nicht enthalten sind.

Seite 105
hchouma Schändlich

Seite 109
al hamdoulilah Gott sei Dank

Seite 110
Mikes Gefälschte Nike-Schuhe

Seite 110
Lakoste Gefälschte Lacoste-Hemden

Seite 112
kasbour Petersilie

Seite 115
sunnas Normen

Seite 115
ré ré ré und **la la la** In romanischen und anderen Ländern wird für den Tonnamen A → la gesagt, für D → re (Solmisationssilben)

Seite 116
dschihad Heiliger Krieg

Milena Michiko Flašar **Ich nannte ihn Krawatte** *Roman*

Ist es Zufall oder eine Entscheidung? Auf einer Parkbank begegnen sich zwei Menschen. Der eine alt, der andere jung, zwei aus dem Rahmen Gefallene. Nach und nach erzählen sie einander ihr Leben und setzen behutsam wieder einen Fuß auf die Erde.

Quart*buch*. Gebunden mit Schutzumschlag. 144 Seiten

Tanguy Viel **Paris - Brest** *Roman*

Nicht immer sind Familien Orte der Geborgenheit und Liebe … Der hinterlistige Roman von Tanguy Viel handelt von einer bretonischen Sippe, in der keiner keinem traut. Und zwar aus gutem Grund. Ein meisterhafter, burlesker Familienkrimi.

Aus dem Französischen von Hinrich Schmidt-Henkel
Quart*buch*. Gebunden mit Schutzumschlag. 144 Seiten.

Najat El Hachmi **Der letzte Patriarch** *Roman*

Ein bitterböser Abgesang auf das Patriarchat und ein fesselnder Familienroman über drei Generationen, zwischen gestern und heute, zwischen der arabischen und der westlichen Welt. Temporeich und unterhaltsam, und dennoch ein Buch, das niemanden gleichgültig lässt.

Aus dem Katalanischen von Isabel Müller
Quart*buch*. Gebunden mit Schutzumschlag. 352 Seiten

Judith Perrignon **Kümmernisse** *Roman*

Ein intensiver Debütroman, der buchstäblich von der Suche nach Vater und Mutter handelt, von Erinnerungen und der Möglichkeit einer einzigen großen Liebe.

Aus dem Französischen von Karin Uttendörfer
Quart*buch*. Gebunden mit Schutzumschlag. 192 Seiten

José María Arguedas Die tiefen Flüsse *Roman*

Wer Peru literarisch kennenlernen will, muss Arguedas lesen: Sein Meisterwerk »Die tiefen Flüsse« ist ein interkultureller Bildungsroman, ebenso indianisch wie westlich geprägt.

Aus dem peruanischen Spanisch von Suzanne Heintz
WAT 670. Broschiert. 288 Seiten

Tania Blixen Babettes Fest *Roman*

Tania Blixens berühmte Erzählung ist das lukullische Märchen von einer Köchin, die auszog, die Bescheidenheit zu lernen, und dafür mit einem Fest der Sinne dankt.

Aus dem Englischen von W. E. Süskind
WAT 575. Broschiert. 80 Seiten

Émilie de Turckheim Im schönen Monat Mai *Roman*

Ein Erbe gilt es anzutreten. Dafür reisen die »Hundsköpfe« aus Paris jedenfalls an, aufs Jagdgut von Monsieur Louis, der unerwartet verstarb. Dort erwarten sie die Gutsknechte Aimé und Martial, schlechtes Wetter und einige Unvorhersehbarkeiten.

Aus dem Französischen von Brigitte Große
WAT 702. Broschiert. 112 Seiten

Ernesto Sabato Der Tunnel *Roman*

»Der Tunnel« ist der existentialistische Roman nicht nur der argentinischen, sondern der gesamten lateinamerikanischen Literatur – Vergleiche mit den großen Werken eines Jean-Paul Sartre, Albert Camus oder auch Max Frisch sind durchaus angebracht.

Aus dem argentinischen Spanisch von Helga Castellanos
WAT 639. Broschiert. 160 Seiten

Nilüfer Göle Anverwandlungen

Der Islam in Europa zwischen Kopftuchverbot und Extremismus

Gibt es zwangsläufig Konflikt zwischen den Religionen? Ist der Westen wirklich in der Moderne und der Islam in Glauben und Tradition verankert? Oder können Glaube und Moderne im Islam neu zusammenfinden, jenseits von Fundamentalismus und Terrorismus?

Aus dem Französischen von Ursel Schäfer

Politik. Broschiert. 160 Seiten. Deutsche Erstausgabe

Hacı-Halil Uslucan Dabei und doch nicht mittendrin

Die Integration türkeistämmiger Zuwanderer

Hacı-Halil Uslucan lässt den aufgeblasenen Polemikern und gefährlichen Populisten die Luft ab: Wo liegen die Chancen für unsere Gesellschaft, wenn sie die türkischen Zuwanderer integriert?

Politik. Gebunden. 122 Seiten

Tillmann Löhr Schutz statt Abwehr

Für ein Europa des Asyls

Die täglichen Flüchtlingsdramen scheinen sich weit vor den Außengrenzen der Europäischen Union abzuspielen. Tillmann Löhr erklärt, wie eine Verbesserung der humanitären Lage schon in wenigen Schritten erreicht werden kann.

Politik. Gebunden. 96 Seiten

Wolfgang Kaleck Mit zweierlei Maß

Der Westen und das Völkerstrafrecht

Am 1. Juli 2012 wurde der Internationale Strafgerichtshof in Den Haag zehn Jahre alt. Doch die Hoffnungen auf eine universale Strafverfolgung von Menschheitsverbrechen hat er bislang enttäuscht. Die Praxis internationaler und nationaler Gerichte muss deswegen verändert werden.

Politik. Gebunden. 144 Seiten

Die französische Originalausgabe
erschien 2008 unter dem Titel *Confidences à Allah*
bei Editions Léo Scheer in Paris.

Umschlaggestaltung Julie August unter Verwendung
des Gemäldes *Mister Suicide* © Kirsten Glass (2002).
Gesetzt aus der Melior. Einbandmaterial und Vorsatzpapier
von peyer graphic, Leonberg.
Gedruckt auf chlor- und säurefreiem Papier (Munken)
und gebunden bei Pustet, Regensburg.

ISBN 978 3 8031 3248 2